C.te DE CHABRILLAN

EST-IL FOU ?

PARIS
LIBRAIRIE NOUVELLE
BOULEVARD DES ITALIENS, 15

A. BOURDILLIAT ET C.ᵉ, ÉDITEURS

1860

EST-IL FOU ?

Υ^2

DÉDICACE

Je dédie ce livre au cher et douloureux souvenir de mon mari, à celui qui fut ma force, ma joie, mon espérance, mon courage! Il y a sur la terre un grand cœur de moins, mais il doit y avoir au ciel une étoile de plus! Le comte Lionel de Chabrillan n'avait-il pas *la foi et la charité?* deux vertus qui plaisent à Dieu!

En travaillant encore à l'œuvre que j'avais entreprise pour m'élever un peu; pour me rendre digne, au moins par l'énergie, de celui qui m'avait tout sacrifié, j'obéis au besoin matériel comme le Juif errant obéissait à cette impérieuse voix qui lui criait sans cesse: Marche!... marche!...

Csse LIONEL DE CHABRILLAN.

Csse DE CHABRILLAN

EST-IL FOU ?

PARIS

LIBRAIRIE NOUVELLE

BOULEVARD DES ITALIENS, 15

—

A. BOURDILLIAT ET Cie, ÉDITEURS

—

1860

EST-IL FOU ?

CHAPITRE PREMIER

La maison dans laquelle commence cette histoire est repoussante à première vue ; c'est ce qu'on
peut appeler, sans lui faire injure, une boîte à misère.

Ces monstruosités monumentales sont heureusement si rares de nos jours qu'il faut faire des re-
cherches dans quelques vieux quartiers de la bril-
lante cité pour les découvrir. Les étrangers n'y

croient pas ; les habitants de la Chaussée-d'Antin
connaissent la Suisse, l'Italie, dans leurs moindres
détails, mais ils ignorent généralement les rues Po-
pincourt, Saint-Maur et Folie-Méricourt.

C'est dans cette dernière que se dresse comme un
reproche à l'humanité une masure à pic; elle est si
haute et si étroite qu'elle s'est voûtée d'elle-même.
Quand il fait du vent, on croit la voir se balancer
dans les airs, puis se détacher d'entre ses deux
voisines, qui l'étayent à grand'peine. Cinq vieux
plombs cramponnés à cette ruine habitée marquent
les cinq étages au dehors ; les mansardes n'en ont
pas, le plomb étant sans doute un objet de luxe
pour des malheureux qui n'ont pas toujours d'eau à
boire.

J'étais bien mince lorsque j'entrai pour la première fois dans cette maison, et je me souviens que
mes épaules touchaient aux deux murs de l'allée.

L'escalier était tout au fond; deux pouces de boue
amassée sur les marches remplissaient les creux
faits dans le bois par la vétusté et par les souliers
ferrés de toutes les générations qui avaient dû se
succéder dans cet antique immeuble. La rampe avait

eu des prétentions, on voyait encore quelques con-
tours en fer. Un jour impossible s'échappait d'un
carreau en verre vert.

Les habitants de cette maison avaient peut-être
pour les araignées le culte des Égyptiens pour les
chats ou des Russes pour les pigeons ; ce qu'il y a
de certain, c'est qu'il y en avait partout et de toutes
les grosseurs.

Nous nous arrêterons au premier, chez la richarde,
comme on l'appelait dans le quartier. Mme veuve
Benoît était petite, fortement boulotte, l'œil vif, le
teint animé, la bouche souriante, la voix forte, et la
taille si courte qu'il était impossible de savoir où
elle commençait sous ses bras.

Quand elle était de bonne humeur, elle n'était pas
fière, car au fond, c'était une bonne femme, mais
lorsqu'elle prenait ses grands airs, qu'elle défendait
aux enfants d'agacer son perroquet, de jouer avec
Mouton, son caniche, il ne fallait pas répliquer, car
elle n'était pas chiche d'une excursion dans le voisi-
nage pour rattraper l'agresseur afin de lui tirer les
oreilles à les faire allonger d'un centimètre.

L'appartement de Mme Benoît se composait d'une

chambre à alcôve, au pied de laquelle se trouvait un petit cabinet servant d'antichambre, le tout était carrelé et peint en couleur rouge. Les deux croisées qui tenaient toute la façade de la maison étaient ornées de rideaux blancs dépareillés mais également brodés de reprises. Les rideaux de l'alcôve étaient en indienne rouge à rosaces jaunes. Le lit, la table, quatre chaises, la commode et le fauteuil étaient en noyer.

Rien ne manquait à cet ameublement, bien souvent envié par les locataires qui habitaient les étages supérieurs de la maison.

On s'arrêtait à la porte, on soupirait à la vue de ce luxe, mais là se bornait l'examen pour les envieux, tandis que pour les observateurs une chose attirait l'attention et intriguait ceux qui n'osaient pas demander une explication.

C'était un cylindre en verre recouvrant une casquette et une trompette.

On aurait pu sourire en voyant ces deux trophées couronnés, par-dessus le globe, d'une couronne d'immortelles, si l'on n'avait deviné par l'originalité même de ces reliques une histoire triste comme toutes celles qui commencent par un homme et finissent par un mort !

M. Benoît avait été conducteur de diligence pendant vingt ans.

A cette époque, un petit voyage était un grand événement ! Quand le conducteur partait, on accourait, on lui disait adieu de la main et du mouchoir, absolument comme s'il se fût agi d'un voyage au long cours. Sa femme le suivait des yeux, puis quand l'immense voiture qui emportait son mari s'était éloignée comme une montagne roulante, elle poussait un gros soupir ! Les voyages ne duraient jamais moins de huit jours !

Un matin, Mme Benoît supplia son mari de ne pas partir ; elle avait de noirs pressentiments !... Il se moqua d'elle et la quitta... Trois heures plus tard on le rapportait sur un brancard, il était mort !...

La diligence avait accroché une borne en entrant sur le pont Neuf ; la voiture en versant avait lancé M. Benoît sur le parapet à plus de cinq cents pas !...

L'administration fit une pension de six cents francs à la veuve Benoît ; elle prit le bonnet de son mari, sa trompette, et les mit sous verre.

Depuis la mort de son pauvre homme, comme elle disait, ses bêtes étaient sa seule distraction, ses seules amours.

Son caniche, du reste, ne manquait pas d'originalité ; c'était un chien savant ; il faisait le beau à la porte de la fruitière, portait un panier dans sa gueule et rapportait un morceau de bois qu'on lui jetait dans le canal, l'école de natation des chiens du Marais.

Souvent, on aurait pu croire qu'il y avait six personnes chez Mme Benoît, car son perroquet était aussi bavard qu'elle.

Le Jacquot en question avait été acheté au Havre par un brave Orléanais qui tenait un hôtel sur la place du Martroy.

Cet homme était venu passer un mois aux bains de mer ; il avait vu descendre et monter la marée, fait une promenade en barque, et voulant emporter des souvenirs de son beau voyage, il avait acheté deux écrans chinois, et ce perroquet qu'on emballa dans un sabot où un hareng eût été mal à son aise.

Mais Coco ne répondait pas aux espérances de

son maître; il n'était pas civilisé et donnait un coup
de bec à celui qui se permettait la moindre licence
à son égard. Il fut regardé comme la plus bête de
toutes les bêtes et relégué dans la cuisine; mais s'il
n'avait pas de langue, ce pauvre Coco, il avait un
estomac d'autruche, il mangeait tout ce qui se trouvait à la portée de sa patte et n'était même pas
chiche d'une excursion sur la table ou dans le garde-
manger, il faillit se brûler ou se noyer cent fois.

Le cuisinier fut effrayé de le trouver un jour dans
la marmite; on l'exila de nouveau, il fut relégué
dans une salle attenante à l'écurie; c'était le réfec-
toire des domestiques.

Le soir, quand tous ces hommes étaient réunis,
ils parlaient librement, se croyant entre eux; mais
Coco était là, perché sur une patte, faisant le gros
dos, ouvrant un œil languissant qu'il fermait, cli-
gnait, ouvrait, selon l'intérêt qu'il apportait à la conversation. Au bout de quatre ans, Coco disait les
choses les plus extraordinaires, il débouchait une
bouteille, imitait le glouglou du vin qu'on verse,
sifflait des fanfares, donnait sa patte et apostro-
phait tout le monde. On reprit Coco, il eut un per-

choir dans la salle d'attente des voyageurs ; il fut
d'abord intimidé de ce changement de fortune,
mais au bout de huit jours, il reprit le dessus et
commença à débiter son répertoire à la grande
hilarité des hommes et au grand effroi de sa maîtresse.

Je ne sais pas ce qu'on lui avait appris, mais il
tenait de mauvais propos sur le compte de la pucelle
d'Orléans.

La maîtresse de la maison fut scandalisée comme
une Anglaise ; le bannissement de Coco fut irrévo-
cablement prononcé.

On l'envoya à Mme Benoît.

Il perdit son habitude de médire sur le compte de
la pauvre Jeanne d'Arc, mais il en contracta d'autres
bien plus ennuyeuses pour les voisins ; jurer, siffler,
faire le chien, le chat, appeler les marchands de
lunettes, les Auvergnats, les porteurs d'eau, réta-
meurs et autres. Il faisait monter tous les passants
dans la maison d'où ils redescendaient quelquefois
riants, souvent en colère.

L'amour rend aveugle ! Mme Benoît trouvait Coco
charmant.

Pour la taquiner, les enfants sautaient à pieds joints avec leurs sabots lorsqu'ils passaient devant la porte ; Mouton aboyait à faire trembler les murs, cela portait sur les nerfs de Coco qui faisait un tapage infernal ; il fallait une heure pour rétablir l'ordre. Quand elle menaçait Coco, il lui répondait en se balançant : *J'ai du bon tabac, tu n'en auras pas.* Mouton faisait semblant de se taire, mais il gardait, pendant une heure, un grognement sourd qui vous exaspérait.

Une seule personne épargnait à Mme Benoît ces scènes d'intérieur ; c'était une jeune fille qui demeurait au cinquième avec sa mère ; toutes deux s'appelaient Laurence, on avait appelé l'enfant Laure pour les distinguer.

CHAPITRE II

Par une froide matinée de mars, Laure sortait
doucement de sa chambre, tenant un paquet sous le
bras. Elle glissa comme une ombre dans les escaliers, suivit la rue Folie-Méricourt, tourna un angle ;
arrivée au bord du canal, elle parut hésiter un instant, puis elle traversa le pont et descendit dans un
bateau de blanchisseuse amarré au quai.

Elle se chauffa auprès des cuves, sauta légèrement dans un tonneau, déplia son paquet, plongea
son linge dans l'eau, et se mit à le frapper avec une

ardeur dangereuse, car il n'était pas absolument
neuf.

La batelière posa près de Laure le sceau de lessive qu'elle avait demandé et la regarda avec surprise. Le profil régulier de l'enfant se détachait
sur le fond vert-bouteille de l'eau croupissante du
canal.

Laure avait un air modeste, distingué, qui contras-
tait avec son bonnet de linge.

Son front était bas, mais ses cheveux relevés à la
chinoise laissaient voir cinq pointes fines et noires
bien plantées. Ses sourcils finement arqués sui-
vaient le contour d'un grand œil bleu; comme elle
n'avait jamais pensé à se garantir des rayons du
soleil, son teint était brun, ce qui faisait encore
ressortir la blancheur éclatante de ses dents; quand
elle souriait, il se formait une fossette sur sa joue
droite. En un mot, elle était jolie, mais un peu dé-
licate pour être appréciée dans le monde où elle
vivait : être fort robuste, bien bâti, c'est une ri-
chesse pour les pauvres. Il faut des muscles pour
être charpentier, tailleur de pierre ou blanchisseuse. Laure n'en avait pas; aux premiers efforts

qu'elle fit, ses joues se couvrirent d'une teinte pourpre, une toux sèche l'obligea de s'arrêter.

— Tu es bien enrhumée, mon enfant, dit enfin Mme Jean; c'était le nom de la batelière; foûrre-moi tes mains là-dedans, dit-elle en montrant le sceau de lessive fumante qu'elle venait d'apporter; cela te réchauffera.

— Je n'ai pas froid, répondit Laure en souriant; je suis enrhumée depuis longtemps, l'hiver a été rude.

— Si j'étais ta mère, je ne te laisserais pas venir au bateau, il y a de quoi attraper le mal de la mort.

— Maman ne sait pas que je suis là; elle dormait quand je suis partie, pauvre mère! voilà bien long-temps qu'elle est malade! c'est moi qui me fâche-rais si elle voulait venir ici.

— Oh! oh! il paraît que tu es la bourgeoise; et ton père?...

— Je n'en ai pas, répondit Laure en baissant la voix, et il y a des moments où mon cœur devient froid à l'idée de n'avoir bientôt plus de mère! Oh! si le bon Dieu me la reprenait!

— Ce serait un grand malheur pour toi, mon enfant, mais il faut se résigner en ce monde ! nous
sommes tous mortels !

Deux grosses larmes roulèrent sur les joues de
Laure. Elle prit son paquet. Madame Jean s'était
dirigée machinalement vers son bureau, Laure déposa ses sous sur la tablette.

— Garde cela, ma petite fille, dit timidement la
bonne femme en repassant l'argent ; tu dois en avoir
besoin, et si je puis...

— Je vous remercie, madame, répondit la jeune
fille en relevant la tête avec un mouvement de fierté ;
maman et moi, nous sommes ouvrières, on nous
paye notre ouvrage, et nous savons qu'il faut payer
celui des autres. Je vous remercie encore, mais je
refuse ! Elle salua et partit avant que madame Jean
n'eût trouvé un mot à répondre.

— Gamine, dit-elle enfin, en regardant Laure s'é-
loigner ; je vous demande un peu où la fierté va se
nicher ! un pauvre honteux qui vient laver sa défroque à six heures du matin et qui refuse un seau de
lessive ! Il n'y a moyen de faire du bien qu'aux fai-
néants et aux vagabonds, c'est désolant ! Il faut que

2

je sache où elle demeure, cette petite princesse-là ; je dirai à sa mère de me donner son linge et je le blanchirai pour rien. Charles ! Charles ! appela deux fois la batelière sans perdre Laure de vue.

Un grand jeune homme parut.

— Tu vas me suivre cette jeune fille qui traverse le pont, sans lui parler, entends-tu ; ne va pas l'effaroucher, la pauvre enfant ! elle ne me doit rien et ne m'a rien pris, mais je veux savoir où elle demeure ; allons file.

Charles grimpa les escaliers quatre à quatre, une minute après il était sur le pont. Madame Jean les regarda tourner l'angle de la rue et rentra dans son bateau en se disant : « Avez-vous jamais vu !... me refuser ! où l'amour-propre va-t-il se loger, bon Dieu ! Eh bien, nous verrons un peu ! quand je veux quelque chose, moi, je le veux bien ! ça n'a que le souffle ! pauvre chère enfant ! »

CHAPITRE III

Madame Jean était un de ces types qu'on rencontre assez souvent dans le peuple : bonnes âmes de femmes dont on parle peu parce qu'elles n'ont de poétique que le cœur ! n'ayant pas d'enfants, elle aimait ceux des autres et cherchait partout une affection, une occasion de faire le bien. Elle s'était fait une famille de ses pauvres et voulait y faire entrer Laure ; elle cédait, sans s'en douter, à ces instincts maternels mis par Dieu au cœur de la femme. Madame Jean jouait à la maman commes les petites

filles jouent à la poupée. L'affection de Laure allait
devenir un objet de convoitise pour la bonne femme.
« Dieu, disait-elle, lui avait envoyé un fils en jetant
Charles sur son passage, mais elle rêvait une
fille !... »

En pensant à Laure, elle se disait que cette petite
orgueilleuse, avec sa fierté et ses beaux yeux, ferait
joliment son affaire. Madame Jean revint à l'avant
du bateau attendre Charles.

Le jeune homme qu'elle avait dépêché sur les
traces de Laure avait à peine dix-huit ans ; pour
certaines gens, le petit Lyonnais était un esprit su-
périeur, mais un mauvais esprit, car à seize ans il
émettait des idées politiques qui faisaient frémir tous
les tisserants propriétaires d'un métier à la Jacquart.
La solution de ses pensées était l'égalité, tous les
moyens étaient bons pour arriver à ce but. Sa mère,
qui ne comprenait pas la portée de ce qu'il disait,
aimait l'entendre discuter. N'ayant pas la résignation
qu'il faut avoir pour supporter la misère, elle se
plaignait sans cesse de la destinée.

L'esprit est une terrible chose quand il est mal
dirigé. Comme ces pauvres paysans qui, après avoir

lu les batailles de l'empire, rêvent un bâton de ma-
réchal en piquant leurs bœufs, Charles rêvait la
gloire, les honneurs.

Il travaillait chez un canut à la Croix-Rousse; cet
homme, était, on le croyait du moins, un républicain fanatique; si l'un de ses ouvriers avait émis
une autre opinion que la sienne, il l'aurait immé-
diatement renvoyé, c'était sa manière d'être philan-
thrope. Il était d'une ignorance parfaite, et pour se
donner un semblant d'érudition, il achetait des livres ultra-démocratiques qu'il se faisait lire le soir
par Charles.

Le maître canut s'endormait régulièrement au
bout de cinq minutes, mais Charles passait toutes
ses nuits à lire.

Ces lectures étaient trop fortes pour son esprit et
le jugement qu'on peut avoir à son âge.

Il s'exalta si bien que les gens sensés ne purent
l'excuser, le tolérer un peu qu'en se disant : il est
fou!

S'il ne l'était pas, il le devint, et sa folie n'inté-
ressa personne quoiqu'elle lui coûta plus que la vie!
Son maître vendit ses métiers, son successeur ne

voulut pas garder Charles à cause de ses idées. A
peu de temps de là, sa mère mourut, il se trouva
seul. On le craignait comme un petit personnage
qui pourrait être dangereux s'il y avait des émeutes.
Quelques amis lui donnèrent le conseil de moins parler de ce qu'il appelait ses opinions politiques, mais
Charles se posa alors en victime opprimée. Il ne voulut pas céder et il partit un bâton à la main, après
avoir juré sur la tombe de sa mère de se venger des
injustices du sort. Il allait d'abord soulever Paris ;
il fit la route à pied, se croyant inspiré et choisi
pour être le libérateur du monde ; mais le temps
des miracles n'était plus ! le pauvre élu par lui-
même passa inaperçu dans la foule, ou si par hasard
on le regardait, l'examen n'était pas à son avantage.
Son air hautain, son regard fier, ses cheveux jetés
en arrière, son teint pâle, sa redingote noire bou-
tonnée jusqu'en haut, semblaient inspirer de la mé-
fiance, surtout lorsqu'il disait : « J'ai quitté la maison
où je travaillais parce que mes opinions politiques
ne pouvaient cadrer avec celles de mon patron. »

On lui tournait le dos sans prendre même la peine
de lui répondre ; prenant son obstination pour du

caractère, il ne plia pas. Vint un jour où il n'eut pas d'argent pour payer son garni, situé sur le quai du canal; Charles eut envie de se noyer, mais il était bien jeune et l'eau bien noire; et puis il espérait et ne voulait pas priver la postérité d'un homme qui se croyait appelé à jouer un grand rôle dans l'histoire. Il avisa le bateau de Mme Jean pour y élire son domicile, il y emménagea ; les conditions de la location furent ainsi arrêtées : il rentrerait tous les soirs à dix heures et sortirait avant le jour pour n'être pas surpris! Mais en prenant ces engagements envers lui-même, il avait compté sans le sommeil. Or donc, un matin il fut réveillé par un éclat de rire et vit en face de lui deux femmes qui lui demandèrent à la fois ce qu'il faisait là ?

— Pour le moment, je m'éveille ! répondit Charles en bâillant ; quelle heure est-il donc ?

Mme Jean se mit à rire plus fort en disant :

— Il est drôle, ce petit; il couche dans mon bateau, il va peut-être me demander ma montre.

— C'est un vagabond, répondit sentencieusement Mme Benoît en essuyant Mouton qu'elle venait de baigner, il faut le faire arrêter.

A ces mots, Charles la regarda en face, puis il s'adressa à Mme Jean et lui raconta son histoire.

— Le faire arrêter ! dit-elle à son tour, comme vous y allez ! il me plaît à moi, ce garçon ! je suis sûre qu'il dit la vérité, et je vais lui donner une place chez moi ; s'il veut travailler, ce n'est pas l'ouvrage qui lui manquera.

— Y pensez-vous? reprit à demi-voix Mme Benoît qui essuyait avec grand soin les yeux de son chien ; un garçon qui vient on ne sait d'où, et qui se dit républicain ; ça vous tuerait s'il y avait des émeutes ! Croyez-moi, par le temps qui court, on ne saurait être trop prudent ; faites-le arrêter.

— C'est, si je faisais cela, qu'il aurait raison de me pendre à la cheminée de mon bateau ! Tenez, mère Benoît, vous aimez trop vos bêtes et pas assez vos semblables ! ce défaut-là donne un mauvais esprit et une mauvaise conscience. J'aime mieux me tromper en faisant du bien à un garnement que d'avoir laissé manquer de pain un pauvre diable !
— C'est quatre sous que vous me devez pour le bain de monsieur Mouton.

Mme Benoît se récria.

— Ne vous plaignez pas, ou je vous en demande six.

Mme Benoît sortit emportant Mouton dans ses bras.

— Elle est furieuse! dit Mme Jean en s'adressant à Charles; ah! si le bateau avait été à elle, vous n'étiez pas blanc! Ce que je vous ai offert vous va-t-il?

Comme on ne lui demandait pas le sacrifice de ses opinions, Charles accepta avec reconnaissance.

CHAPITRE IV

Seize mois s'étaient écoulés depuis son entrée en fonction. Charles prévenait tous les désirs de Mme Jean pour n'avoir pas à obéir à un ordre. L'occasion lui manquant, il ne parlait plus politique, mais pour être concentrée, cette passion n'en était pas moins forte.

Arrivé à la porte de Laure, il se mit à rire.

— Il y a là au premier se dit-il en s'éloignant, un bureau de renseignements où Mme Jean saura tout ce qu'elle voudra savoir. Au même instant quel-

que chose sauta dans les jambes de Charles, c'était
Mouton auquel sa maîtresse allait faire faire sa promenade du matin. Après les caresses et les gam-
bades d'usage, Mme Benoît ordonna à Mouton de
donner sa patte ; il la tendit à Charles qui la serra
très-affectueusement.

— Connaissez-vous, demanda-t-il, une jeune
fille qui vient de rentrer dans votre maison ?

— Oui, c'est la petite du cinquième, la fille de
Mlle Laurence ; en voilà une qui peut dire : c'est ma
faute, c'est ma très-grande faute !

— Qu'a-t-elle donc fait ?

— Oh ! elle n'a fait de tort qu'à elle ; vous savez
son histoire ? tout le monde la sait.

— Excepté moi, répondit Charles ; mais vous
allez me l'apprendre dans ses moindres détails.

Mme Benoît prit une grosse prise, secoua son mouchoir à carreaux, se moucha bruyamment, appela
Mouton et dit en avançant sa lèvre inférieure :

— Moi, je ne trouve pas cette Laurence intéres-
sante ; elle a refusé son bonheur : à seize ans Laurence était la plus belle fille du quartier ; sa mère,
qui était une femme prévoyante, lui dit un jour :

« Te voilà raisonnable, écoute-moi bien, nous ne sommes pas heureuses en travaillant beaucoup. Il y a dans le cœur de la mère qui chaque jour a peur du lendemain, une souffrance que je veux t'épargner. On n'amasse rien quand on a de la famille, aussi fait-il bon avoir quelque chose lorsqu'on se met en ménage. M. Dubois, notre propriétaire, te trouve jolie, il est riche, puisqu'il veut t'épouser, il faut accepter sa proposition.

» — Il a au moins cinquante ans, répondit Mlle Laurence ; il prend du tabac à se ruiner et porte perruque. »

Sa mère, qui était positive en fait d'avenir, insista, se fâcha, et j'aurais fait comme elle.

— Je ne vous en fais pas mon compliment ; après...

— Laurence ne répondit rien, mais elle devait avoir son idée.

— Elle a préféré vivre un peu par le cœur, et tout le monde lui a jeté la pierre ?

— Je ne sais pas si vous appelez cela vivre par le cœur, répondit sèchement Mme Benoît ; mais quand on peut épouser un honnête homme, et qu'on préfère se donner à… ·

— A qui? demanda Charles, bien résolu à défendre Laurence quand même.

— Je n'en sais rien, répondit Mme Benoît en appelant son chien; allez le lui demander.

Elle quitta le jeune homme sans ajouter un mot; cette brusque sortie la tira d'embarras, car elle ignorait les détails de l'histoire de Laurence.

Deux sous donnés à un aveugle avaient été la cause de sa perte! Un jour, elle allait traverser un pont payant, elle entendit chanter, c'était un homme accroupi à terre; elle lui jeta deux sous et continua son chemin, mais arrivée au guichet du pont, elle s'arrêta, fouilla dans sa poche et se mit à rire, en disant: « Oh! mon Dieu! je n'ai plus d'argent! » Elle allait s'éloigner, lorsqu'un jeune homme qui se trouvait près d'elle jeta deux sous sur le guichet, en disant:

— Mademoiselle, permettez-moi de payer pour vous, afin de vous éviter une longue course.

Laurence devint rouge, hésita, puis elle ne sut que répondre et passa le pont.

3

Ce jeune homme était un étudiant de première année à la recherche de sa première bonne fortune ; sa figure était charmante, sa voix douce. Lorsqu'il adressa la parole à Laurence, elle ne parut pas effrayée, ce qui encouragea le jeune protecteur à lui dire :

— Mademoiselle, je vous avais remarquée lorsque vous donnâtes deux sous à l'aveugle. Je suis Breton, j'ai des idées très-religieuses, et la grâce avec laquelle vous avez fait la charité m'a touché au cœur ! Je me suis senti attiré vers vous. Je fais mon droit ici, je suis seul, rien ne parle à l'âme dans ce Paris où tout est pour les yeux.

— Où ma mère pourra-t-elle vous rendre votre sou, monsieur ? demanda Laurence.

— Je passerai le lui demander, répondit Henri.

Elle lui donna son adresse de la meilleure foi du monde et le quitta brusquement. Elle le rencontra le lendemain, puis tous les jours... ils s'aimèrent !... Deux mois plus tard, elle glissait le long des quais comme une ombre, montait la rue du Bac, s'arrêtait à la porte d'un hôtel, et demandait d'une voix tremblante si le numéro 9 était chez lui.

Henri la reçut dans ses bras, elle pleurait et donnait les marques du plus grand désespoir en disant :

— Ma mère s'est fâchée ! il faut que je sois la femme de M. Dubois dans six semaines !... J'aime mieux mourir, et quand la nuit sera venue j'irai me jeter dans la rivière.

— Cela m'obligerait de m'y jeter avec vous, Laurence, répondit le jeune homme en riant. Vous savez bien que je vous aime, et je tiens à la vie pour vous aimer. Il faut travailler puisque vous avez un état. Venez avec moi, je vais vous louer une chambre.

Trois années se passèrent comme un beau rêve, mais un jour vint le réveil. Henri entra chez Laurence, il était pâle, tremblant, une petite fille courut à lui et bégaya deux fois le nom de père ; il se mit à pleurer, serra la main de Laurence, embrassa l'enfant et annonça son départ, sa famille le rappelait en Bretagne.

— Je reviendrai, disait-il.

La pauvre femme ne s'y trompa pas, son cœur se brisa, elle prit Laure dans ses bras, la couvrit de baisers et de larmes, en disant :

— Tu n'as plus que moi sur la terre et ma mère dans le ciel.

Henri était parti depuis trois mois, lorsqu'il écrivit à Laurence, que son père connaissant leur liaison à Paris l'avait forcé à se marier. Il lui envoyait quelque argent, mais elle rendit la somme et y ajouta un sou, c'est le seul reproche qu'elle lui fit. Elle ne se plaignit pas, ne l'accusa jamais d'ingratitude ; elle quitta le quartier qui lui rappelait son malheur et vint se cacher, s'ensevelir dans le grenier où nous la retrouvons aujourd'hui ; ce qu'elle eut à endurer de misère, de privations pour élever son enfant, Dieu seul le sait.

CHAPITRE V

Pendant que Charles rendait compte de ses démarches à Mme Jean, Laure rentrait dans sa chambre avec tant de précaution qu'elle n'éveilla pas sa mère.

Elle prépara tout pour un bien modeste déjeuner, et se mit à l'ouvrage.

— Déjà levée, Laure ! lui dit sa mère en s'éveillant. Tu te rendras malade aussi, mon enfant, et alors que ferons-nous ?...

Elle se laissa retomber en arrière ; il y avait un grand désespoir dans ces quelques paroles dites à voix basse. La pauvre femme regardait le petit coin du ciel qu'elle pouvait apercevoir par son étroite croisée, et ce regard mourant semblait demander un sursis à la vie.

— Ce n'est pas le travail qui rend malade, c'est le chagrin, et tu ne guériras jamais parce que tu t'obstines à penser, à vivre de regrets. C'est à tort que tu t'inquiètes ; le bon Dieu est là, et si petite que soit la place que nous occupons sur la terre, il nous entend et nous voit; aie donc confiance ! Si seulement, ajouta-t-elle avec tristesse, je savais broder ; mais je suis brunisseuse, je ne sais pas tenir une aiguille, je me pique les doigts et je fais tout de travers.

— Je vais me lever, murmura Laurence ; voilà cinq jours que je suis au lit. Je vous demande un peu si on a le temps d'être malade quand on est si pauvre que nous.

Elle étendit le bras afin de prendre sa robe sur le pied de son lit. Sa main maigre se détendit ; elle retomba en arrière en disant :

— Je ne peux pas encore aujourd'hui.

Laure la recouvrit avec ses effets, et y ajouta son petit châle de laine.

— Reste tranquille, lui dit-elle après l'avoir embrassée ; je vais travailler là, près de toi. Tu me
montreras.

— Oh ! répondit Laurence en relevant tristement
la tête, Mme Maubel va bien voir que ce n'est pas
mon ouvrage. Elle m'avait recommandé cela ; c'est
pour un trousseau. Nos deux existences suffiraient à
peine pour faire ce que contiendra cette corbeille de
mariage. Comme les gens riches sont heureux !
J'étais bonne, résignée ; eh bien ! la maladie me
rend méchante, envieuse.

— Moi, je n'ai qu'une ambition, répondit Laure.
C'est de n'être pas grondée à ton magasin. La voix
de Mme Maubel est désagréable quand elle est de
bonne humeur ; qu'est-ce que cela doit être quand
elle est en colère !

— Il ne faut pas répondre. Elle est un peu impérieuse, l'habitude de commander !...

— Elle me fait l'effet de ces colliers de chien hé-
rissés de clous.

— Es-tu enfant ! dit en souriant Laurence. Où
vas-tu chercher tes comparaisons ?

— Elle est longue, sèche, coquette, préten-
tieuse...

— Elle est encore jeune.

— Cinquante ans au moins ! Tu m'as dit que son
fils avait trente ans.

— M. Martin, le teneur de livres, prétend que ce
sont des chagrins de famille qui ont ainsi aigri son
caractère. Son fils lui laisse beaucoup à désirer sous
tous les rapports.

— M. Roger ? Je l'ai vu ; il est très-bien.

— Oui, mais les qualités physiques ne valent pas
celles du cœur.

— Est-ce qu'il est méchant comme sa mère ?

— Elle n'est pas méchante, tu exagères tout ;
pour être obéi, il faut savoir commander.

— Quand on a la fortune, on doit être bon, puisqu'on n'a pas à se plaindre, répóndit Laure en prenant cet air grave si précoce chez les enfants malheureux, qui n'ont eu pour jouets que des outils,
pour distraction que le travail. Si j'étais riche, moi,
reprit-elle d'un air enjoué qui seyait mieux à son
âge, nous aurions un logement comme celui de
Mme Benoît... Je t'achèterais des broderies et tu n'en

ferais pas... Mais je ne suis pas riche ! Je ne suis pas brave non plus ! Quel bonheur que je ne sois pas un garçon, j'aurais fait un mauvais soldat ! Une parole dite sèchement, un petit reproche, et je tremble comme une feuille ! Suis-je sotte !...

— Que je voudrais avoir la santé ! Avec elle et toi, ma petite Laure, je n'aurais rien à envier ! Comme nous étions heureuses les autres années !... Quelle joie lorsque je pouvais t'acheter un bonnet, te parer d'un ruban ! Nous allions à la campagne, dans les champs... Pauvres fleurs ! elles semblaient nous sourire quand nous arrivions ! Nous étions bien pauvres, mais nous avions droit au soleil, à la brise, au parfum des prés, à l'ombrage des arbres. Je ne reverrai rien de tout cela !...

Laure n'avait pas compris, absorbée qu'elle était par son ouvrage.

— J'irai porter cela à midi, dit-elle ; on nous devra dix francs. Il est joliment temps qu'ils arrivent, nous n'avons plus que cinq sous, comme le Juif-Errant. Ah ! j'ai été au bateau ce matin... Tu ne sais pas ? la batelière ne voulait pas prendre mon argent !... Est-ce que j'ai l'air d'une pauvresse ? J'ai

refusé, elle est devenue rouge ; elle m'offrait cela
avec son cœur, j'en suis bien sûre ! Tu viendras la
voir avec moi quand tu pourras te lever.

— Oui, répondit Laurence en soupirant ; mais il
ne lui restait pas d'illusion, pas d'espoir !...

Elle n'avait pas peur de la mort et l'aurait regardée sans pâlir si elle n'avait pas eu sa fille ! Ame
crédule, qui la comprendrait, la protégerait en cette
vie où le vent du mal souffle toujours pour disper-
ser les bons sentiments, comme le vent d'automne
souffle pour effeuiller les arbres jaunis.

Un moment elle souhaita que sa fille mourût avec
elle ; mais Laure toussa en cet instant, et la pauvre
mère s'écria en fondant en larmes :

— Tu souffres, ma bien-aimée ! Oh ! soigne-toi,
soigne-toi ! Ce mal que nous portons en nous, c'est
la mort ! Prends bien garde !... Il me tue, pensa-
t-elle, il la tuera !

— Je te croyais endormie, répondit Laure en cachant son émotion. Fini ! s'écria-t-elle en jetant
son dé dans la corbeille ; j'ai fini, regarde, mère, si
cela est bien.

Laurence secoua la tête.

— Allons, ne m'ôte pas mon courage, reprit Laure en mettant son châle ; je tremble déjà de tous mes membres. Je serai ici avant une heure, ne te tourmente pas ! C'est loin la rue du Sentier, mais je vais aller toujours courant. Elle embrassa sa mère et sortit après avoir placé auprès d'elle tout ce dont elle pouvait avoir besoin pendant son absence.

— C'est toi, petite, lui cria Mme Benoît en la voyant ; comment va-t-on là-haut ? moi, j'ai du chagrin, Mouton est malade, et Coco ne mange pas, je vais le mener chez le vétérinaire. Tu devrais voir quelqu'un aussi pour ta mère ; la poitrine n'est pas solide, il aurait fallu de grands soins. Ah ! la folle ! si elle avait épousé... elle serait veuve et très-riche.

— Ma mère ne demande rien à personne, répondit Laure en descendant l'escalier ; et surtout elle ne s'occupe pas des actions des autres...

— Oh ! mon Dieu ! fit Mme Benoît en levant les épaules d'un air de pitié ; cela est orgueilleux comme des paons, comme si l'on ne savait pas que cela crève de misère.

CHAPITRE VI

Laure ne marchait pas dans la rue, elle volait ; sa pensée l'agitait, c'était à de rares intervalles qu'elle songeait à l'état réel dans lequel se trouvait sa mère. Alors toute son énergie l'abandonnait, elle ralentissait sa course et ne sentait plus ni force ni courage.

C'est dans cette disposition d'esprit qu'elle arriva en face du magasin ; l'action d'entrer lui parut effrayante, Mme Maubel marchait avec agitation, remuant les bras, les yeux, la tête, en parlant. Elle devait être en colère, et Laure pressentait l'orage.

Pour l'ouvrier, le maître a le prestige que le grand seigneur a pour le paysan. Il n'admet pas la discussion; c'est à peine si l'on ose lui parler.

Cette soumission de la part de l'ouvrier fait quelquefois de vrais tyrans de gens qui au premier abord étaient bons et faciles.

Mme Maubel était un exemple accompli du despote dominateur; elle effaçait à plaisir ses bonnes qualités pour donner du relief à ses défauts.

Heureusement pour Laure, M. Martin était là, trônant sur ce piédestal en bois de chêne que l'on plante, je ne sais pourquoi, dans un coin des magasins de gros.

Plus cette guérite découverte est élevée, et mieux cela vaut sans doute, car le pauvre monsieur Martin était perché au moins à deux mètres du sol.

Au moment où Laure s'arrêta devant la porte de la boutique, il la vit et lui fit un signe affectueux. Elle se sentit un ami dans la place, entra résolûment en disant:

— Madame, voici l'ouvrage de maman que je vous rapporte.

Mme Maubel examina chaque point et dit avec un calme effrayant :

— Votre mère tombe en enfance, ceci n'est pas recevable. Je l'avais prévenue ! c'est une commande pour des personnes difficiles ; je vais la mettre en d'autres mains. — Monsieur Martin, marquez au compte de Laurence un mètre de percale à deux francs et un franc cinquante pour le dessin.

Mme Maubel avait affaire dans l'autre magasin, elle sortit et laissa Laure anéantie.

— Pourquoi ta mère n'est-elle pas venue ? demanda Martin en se penchant.

— Elle est malade ! c'est moi qui ai fait cela ; je n'ai pas osé dire un mot.

Après une courte hésitation, Martin descendit de son perchoir.

— Mme Maubel n'est pas méchante, mais tu comprends bien, petite, dans les affaires, il faut de l'ordre. Je n'ai pas encore marqué... je vais tâcher qu'elle ne te fasse pas payer.

Il passa dans le second magasin où se trouvait Mme Maubel.

— Ne pas me faire payer, murmura Laure; cela ne me donnera pas d'argent! comment vais-je faire?...

Elle se mit à pleurer malgré elle.

Martin était entré en relevant ses bouts de manches en percaline noire pour se donner une contenance, mais il attendit que Mme Maubel lui adressât la parole.

— Que voulez-vous? demanda-t-elle sans se retourner.

— Je voulais dire à madame que Laurence est sérieusement malade; la pauvre femme doit être bien près de sa fin! c'est sa fille qui a fait les broderies; la petite n'a pas osé dire la vérité; elle a eu tort; vous êtes si bonne pour le pauvre monde!

— Ne lui marquez pas ces trois francs cinquante; répondit Mme Maubel toujours sans se retourner.

— Mais, reprit timidement Martin, c'est que je pense qu'elles n'ont pas un sou.

— Est-ce que vous croyez que je vais leur payer de l'ouvrage qui n'est bon à rien? vous êtes fou! de quoi vous mêlez-vous?

Un autre aurait été intimidé, Martin fut impassible et laissa passer la bourrasque comme un coup de vent.

Il reprit :

— Cette petite a fait de son mieux.

Tenez, M. Roger qui a l'air indifférent, insouciant à tout, eh bien, je suis sûr que si madame était malade, il se mettrait aux affaires comme cette enfant-là s'est mise au travail.

Mme Maubel secoua tristement la tête en passant devant Martin qui la suivit à distance.

— Il est naturel d'aimer sa mère ! murmura-t-elle avec un profond soupir ; il n'y a que moi qui ai un enfant ingrat ! — Pourquoi pleurez-vous ? demanda-t-elle à Laure ; est-ce que j'ai fait quelque chose d'injuste ? Puis-je deviner vos affaires ? on ne vous comptera pas votre percale ; je vais vous payer cela cinq francs au lieu de dix.

Elle prit la broderie et la jeta dans un coin d'un air qui semblait dire : voilà cinq francs de perdus !

— Si vous vouliez, madame, me donner quelque chose de plus facile à faire ? j'ai besoin de travailler !

— Donnez-lui vingt mètres de feston, reprit Mme Maubel en s'adressant à la femme qui distribuait l'ouvrage; donnez-lui dix francs, Martin, ajouta-t-elle en regardant Laure; elle aura cinq francs d'avance!

Laure ne put dire un mot, mais elle remercia des yeux et du cœur!

Roger Maubel entra en ce moment; il salua Laure et se rangea pour la laisser passer.

Roger avait vingt-sept ans; il était joli garçon! la coupe de ses habits était toujours à la dernière mode. Il était irréprochable aux yeux de son tailleur et de son chapelier, en voilà bien assez pour se croire un grand homme.

— Elle est gentille au moins, celle-là! dit-il à demi-voix au caissier en regardant Laure s'éloigner; si j'étais sûr de la rencontrer, je viendrais plus souvent ici.

— C'est un bon cœur, répondit Martin; je suis sûr qu'elle mourrait plutôt que de causer un chagrin à sa mère!

— Monsieur Martin, répondit Roger après une pause; en me disant que cette fillette mourrait plutôt que d'affliger sa mère, vous voulez encore faire une allusion, et, par conséquent, vous mêler d'une chose qui ne vous regarde pas. Il m'est fort désagréable lorsque je viens demander de l'argent de le recevoir de vos mains ; vous oubliez toujours que cet argent n'est pas le vôtre, et vous y ajoutez des conseils dont je vous dispense à l'avenir.

M. Martin resta penché sur son livre de comptes sans répondre.

Roger passa dans l'arrière-boutique, donna une poignée de main à sa mère, comme il eût fait à un camarade ; c'est une nouvelle mode qui laisse un grand vide dans le cœur des gens aimants. Mme Maubel aurait préféré que son fils l'embrassât.

— Est-ce que je vous dérange ? demanda Roger en se laissant tomber sur un siége. C'est aujourd'hui samedi, je crois que vous avez un tas de comptes à faire, mais je ne pouvais attendre, je pars pour Chantilly à sept heures, j'ai besoin de mille francs.

— Encore ! Martin vous a donné huit cents francs le 1er, nous sommes le 18. Voyons, Roger, ne prenez pas avec moi cet air fâché ; je ne vous refuse rien, seulement je m'inquiète ; si vous me ruinez, que vous restera-t-il après moi, puisque vous ne voulez pas faire de commerce, suivre de carrière ?

— Quand vous me direz sérieusement d'apprendre un état, répondit Roger presque impatienté, je m'engagerai. Si vous ne voulez pas me donner cette somme, je l'emprunterai ; seulement, l'intérêt se paye cher quand un juif oblige un fils de famille.

— Venez, murmura Mme Maubel, Martin va vous remettre mille francs ; mais, mon enfant, songez... dans votre intérêt à ce que je viens de vous dire !

C'est à peine si Roger remercia sa mère ; elle avait des larmes dans les yeux et s'éloigna pour avoir le courage de ne pas se plaindre.

C'est sa faute, pensa Martin en soupirant, elle l'a mis au collége avec des ducs et des princes, elle l'a fait élever comme s'il devait être ministre un jour ; il se croit aussi important que tous ces gens-là, et parce qu'il a été leur camarade de classe, il veut être leur compagnon de plaisirs, il rougit de sa

mère et passe son temps à voir courir des chevaux ;
il se donne autant de mal pour trouver les moyens
de dépenser son argent que les autres s'en donnent
pour le gagner ; il se fatigue plus au plaisir que nous
à l'ouvrage. Voilà une singulière manière d'élever
les gens ! elle a souri à tous ses caprices, aujour-
d'hui il la fait pleurer. Elle devient dure au pauvre
monde. Si Laure arrivait à présent, on lui refuserait
certainement les dix francs qui vont la faire vivre
une semaine tout entière.

CHAPITRE VII

Martin était depuis douze ans dans la maison Maubel; il y gagnait douze cents francs par an avec
lesquels il était obligé de se loger, s'habiller et se
nourrir; et il avait trouvé le moyen de placer mille
francs chaque année. Mlle Sophie, la cuisinière l'a-
vait pris en amitié, il lui écrivait sa dépense, lui
faisait quelques commissions et lui lisait les nouvelles diverses.

Sophie avait quarante ans depuis huit ans; elle
était maigre, jaune, on devinait en la voyant une

de ces natures bilieuses toujours prêtes à médire,
un de ces caractères qui aiment à commander, à
dominer ; et cela, en se donnant des airs de mo-
destie auxquels on se laisse toujours prendre. Elle
était d'une piété régulière et communiait une fois
l'an.

Mme Maubel aurait répondu de la probité de Sophie, elle l'avait à son service depuis quinze ans ;
tout ce qu'elle faisait était bien fait, aussi il ne lui
vint jamais à l'idée de trouver à redire à ce que
Martin fît en partie son repas du soir à là cuisine.
Cette cuisine se trouvait au fond de la cour, au rez-
de-chaussée.

Mme Maubel payait, mais Martin était l'obligé, le
très-humble serviteur de Sophie ; elle n'était ni cha-
ritable ni endurante et si elle supportait ainsi le vieux
garçon auprès de ses fourneaux, c'est qu'elle avait
son idée.

Non content de travailler tout le jour, Martin faisait de la copie le soir ; il avait de l'argent, et puis
c'était un homme distingué.

Sophie avait, soi-disant donné sa jeunesse à Dieu,
mais elle souriait à l'idée de lui être infidèle pour

un mari. Elle parlait bien souvent de projets pour l'avenir, du bonheur et des économies qu'elle apporterait en ménage.

Le bonhomme souriait en disant :

— Certes, mademoiselle, celui que vous aimerez sera bien heureux !

Mais il ne se prononçait pas. Qu'attendait-il ? Sophie l'ignorait. Le temps passait, la bourse du caissier s'arrondissait, Sophie se ridait à faire peur.

Six mois s'étaient écoulés depuis le jour où nous avons vu Laure au bateau.

La pauvre enfant s'était courbée sur le travail ; mais elle avait à peine gagné de quoi vivre ; deux termes étaient dus, on lui avait donné congé par huissier ; elle avait brûlé le papier timbré n'osant en parler à sa mère, qui n'avait pas quitté le lit.

Le moment était venu de déménager, on allait les mettre dehors, et Laure n'osait encore rien avouer.

Malgré ces précautions, Laurence avait tout deviné, car un matin elle dit à sa fille d'une voix presque éteinte :

— Je vais te quitter, et c'est un grand bonheur.

Je suis une lourde charge pour toi! ne pleure pas,
va, il y a des créatures qui ne devraient pas sortir
du néant et qui sont trop heureuses d'y rentrer. Que suis-je venue faire en cette vie?... perpé-
tuer ma misère en toi, pauvre enfant!... Prends
garde! toutes les douleurs que tu viens de supporter
avec tant de courage ne sont rien à comparer à
celles qui m'ont brisée! sois plus forte que moi!
défends-toi contre la séduction, et si ton cœur t'en-
traînait un jour malgré toi, viens à moi... mieux
vaut la mort que la honte!

— Oh! s'écria Laure en fondant en larmes; pourquoi donc me dis-tu de ces choses-là? toi, mourir
sans moi! est-ce que c'est possible! Tu vivras pour
m'aimer, me conseiller! Que veux-tu que je devienne
si tu me quittes! y penses-tu? Et crois-tu Dieu assez
injuste pour séparer deux pauvres âmes déshéritées
de bonheur? De quoi donc nous punirait-il en nous
séparant? Que lui avons-nous fait?

— Dieu a le droit de reprendre ce qu'il a donné.

Laurence tomba en arrière, ce dernier effort venait de briser ses forces.

Laure la regarda avec une fixité effrayante.

—Demain, demain, murmura-t-elle en se tordant les bras; on nous jettera dehors toutes deux et alors... oh! non, c'est impossible!... je veux de l'argent, il m'en faut, j'en aurai.

Elle se pencha pour s'assurer que sa mère s'était endormie et partit sans bruit.

Elle arriva hors d'haleine à la porte de Mme Maubel; un instant, le courage lui manqua; il y avait du monde dans le magasin.

Roger boudait; sa mère venait de lui refuser de l'argent; elle était agitée.

— Madame, dit Laure d'une voix tremblante et presque inintelligible, je viens vous demander un bien grand service.

— Parlez plus haut, répondit Mme Maubel d'une voix sèche.

— Je viens vous demander, madame, de m'avancer soixante francs sur de l'ouvrage que je vous ferai.

— Je ne fais d'avance à personne.

— Ma mère se meurt, madame, et demain nous serons sans asile !

— Pourquoi n'a-t-elle pas été à l'hospice ? En

vérité, ne dirait-on pas que les hôpitaux sont faits pour les chiens ? Allez trouver votre propriétaire, il vous donnera du temps.

Elle tourna le dos et laissa Laure anéantie ! La pauvre enfant sortit rouge de honte. Elle avait la mort dans l'âme.

— Voyez un peu, dit Martin à Roger qui se trouvait près de lui, que de misères on soulagerait avec ce que vous dépensez dans un mois.

— Vous êtes bien sévère, madame, dit Roger à sa mère qui rentrait en ce moment. Cette pauvre fille avait vraiment l'air d'être désolée.

— C'est vous qui me rendez ainsi ; je suis obligée de regarder à vingt francs. Je travaille toujours, et je subviens à peine à vos dépenses ; mon caractère s'aigrit, ma santé s'use, mes forces s'altèrent ; mais peu importe, pourvu que vous ayez un cheval et une maîtresse.

— Je m'en vais, répondit Roger en se levant. Je reviendrai quand vous serez mieux disposée.

— Vous l'avez gâté, murmura Martin en le regardant s'éloigner. Je vous le disais bien que vous lui rendiez un mauvais service.

— Oui, mais tout cela va finir, s'écria Mme Maubel, je suis lasse. A partir d'aujourd'hui, vous verrez si j'ai du caractère.

En sortant du magasin, Roger s'était dit : « Je ne reviendrai plus; il y aurait là cent personnes, que ma mère me ferait de la morale. Pauvre fille ! ajouta-t-il en voyant Laure qui marchait devant lui, la tête baissée, elle n'est pas pressée de rentrer chez elle; mais je puis réparer... » Il pressa le pas et fut auprès de Laure en moins d'une minute. L'intérêt qu'elle venait de lui inspirer se changea en admiration.

— Tenez, mon enfant, lui dit-il en lui tendant trois louis, voici ce que vous avez demandé.

La jeune fille le regarda, ses joues se colorèrent d'une vive rougeur, un sourire de joie vint effleurer ses lèvres; mais presque aussitôt elle devint pâle, le sourire s'effaça, la crainte se répandit sur ses traits; elle retira la main qu'elle tendait déjà pour prendre l'argent. Elle se souvint tout à coup du sou donné à sa mère.

— Qui m'envoie cela ? demanda-t-elle timidement.

Roger ne crut pas nécessaire de mentir; il n'était pas accoutumé aux délicatesses de l'âme, aux scrupules des femmes honnêtes. Il répondit en riant :

— C'est moi qui vous les donne ; n'avez-vous pas dit que vous en aviez besoin?

Le cœur de Laure battit à se rompre. Elle refusa, remercia poliment et s'éloigna toujours courant, comme si elle venait d'échapper à un grand danger.

Roger remit ses trois louis dans sa poche en se disant : « En voilà une sotte, qui refuse ! Petite sauvage, court-elle ! Elle est stupide. Eh bien! non, répéta-t-il en s'arrètant tout à coup, elle a eu un mouvement plein de dignité, il partait du cœur. Elle est tout bonnement charmante, et je suis fâché qu'elle ne me doive pas quelque chose. Quels jolis yeux elle a ! »

Pendant que Roger faisait ces réflexions, Laure se reprochait ce premier mouvement de fierté qui lui avait fait refuser le secours dont elle avait si grand besoin. Qu'allait-elle faire? N'avait-elle pas blessé M. Roger? il allait la prendre pour une orgueilleuse. Elle aurait voulu retourner en arrière,

qu'il lui offrît de nouveau cet argent; mais, hélas!
il était trop tard.

« Comme on le calomniait, se disait-elle, quand
on l'accusait de manquer de cœur! Il avait l'air
si sincèrement obligeant! Sa voix tremblait en me
parlant. S'il avait voulu me tromper, il m'aurait
dit : C'est ma mère qui m'envoie. Mais non, il a été
franc et je lui ai fait un crime de sa franchise. Je
lui serai reconnaissante toute ma vie. »

CHAPITRE VIII

Laure était arrivée à sa porte; elle vit un homme qui accourait en toute hâte.

— Mademoiselle Laurence! lui cria-t-il en passant.

— Que lui voulez-vous?

— Mais la voir. Je suis médecin, on est venu me chercher en me disant qu'elle se mourait.

— Ma mère! s'écria Laure en s'élançant dans les escaliers, qu'elle franchit en une seconde.

L'homme la suivit.

— Maman, réponds-moi! dit-elle en se jetant sur
le lit, regarde-moi! parle-moi!

La malade lui passa son bras autour du cou.

— Tu es une jolie fille, toi, dit Mme Benoît en
donnant une tape à son chien qui gambadait autour
d'elle; ta mère est malade et tu la laisses seule. Le
régisseur du propriétaire est venu, il lui a dit qu'il
fallait que vous partiez demain. Elle s'est trouvée
mal, ça a fait peur au principal locataire, et, pour
ne pas se laisser attendrir, il est parti en me disant:
« Montez donc là-haut, madame Benoît, je vais
dire à un médecin de venir. » Je vous demande un
peu s'il y a du bon sens de quitter une femme en
cet état? C'est toi qui l'as tuée en la gardant ici; si
tu l'avais conduite à l'hôpital, on l'aurait soi-
gnée.

— Ne parlez pas si fort, dit le médecin; il serait
impossible de la transporter maintenant. Donnez-
lui aujourd'hui ce que je viens de prescrire; je reviendrai demain.

Laure tenait la tête de sa mère sur sa poitrine.
Elle n'avait pas pu répondre à Mme Benoît, mais de
grosses larmes roulaient sur ses joues.

— Demain, je serai partie !... murmura la malade.

L'ordonnance du médecin était là, et Laure n'avait pas un franc !

— Va chercher la potion, dit Mme Benoît, je vais garder ta mère, dépêche-toi.

Laure prit machinalement le papier ; elle eut envie de dire sa position à la voisine, mais elle n'en eut pas le courage ; ne venait-elle pas de lui reprocher d'avoir gardé sa mère ?

— Ah ! se dit-elle après avoir hésité quelques minutes, je vais me punir de mon orgueil.

En achevant ces mots, elle prit sa course du côté du canal, traversa le pont et sauta dans le bateau de blanchisseuse.

— Madame Jean y est-elle ? demanda Laure à Charles.

— Tiens, pensa le jeune homme, c'est la personne que j'ai suivie. Attendez un peu, mademoiselle, je vais vous l'envoyer de suite. Il y a longtemps que vous n'êtes pas venue au bateau, est-ce que vous avez été malade ?

— Non, pas moi, répondit Laure étonnée. Vous me connaissez?

— Oui, et madame Jean serait allée vous voir, si elle n'avait pas eu des chagrins de famille ; elle vous avait prise en amitié à première vue. C'est une bonne femme, allez ! on ne saura jamais ce qu'elle vaut.

— Oh ! tant mieux ! s'écria Laure, j'ai un grand service à lui demander.

— Je ne sais pas ce dont il s'agit, mais je vais lui dire un mot.

— C'est son fils, pensa Laure; oh ! mon Dieu, le cœur me bat. J'ai peur ; pourquoi n'ai-je pas pris les soixante francs de M. Roger?

— C'est toi, ma fille, lui dit Mme Jean d'aussi loin qu'elle la vit, je croyais que tu me boudais à cause... Que me veux-tu, mon enfant?

— Vous demander un grand service, madame; voulez-vous me prêter...

— Tu viens chercher tes trois sous, interrompit la batelière en faisant sonner quelque monnaie dans sa poche; et si je te les refusais?

— Ah ! madame, il me faut plus que cela, ré-

pondit Laure en fondant en larmes et donnant l'ordonnance à madame Jean, votre cœur m'a paru si
bon, que j'ai osé venir à vous.

— Tu as bien fait, mon enfant. Combien faut-il
pour acheter tes drogues ?

— Si vous vouliez envoyer avec moi chez le
pharmacien ? répondit Laure qui craignait de demander trop ou pas assez. Comme vous êtes bonne,
madame, vous ne me faites pas un crime d'avoir
gardé ma mère à la maison ; j'ai travaillé, mais...

— Je vais envoyer Charles avec toi, ou plutôt
non, je vais y aller moi-même. Viens.

Elle tendit sa main à Laure comme elle aurait
fait à un petit enfant. Laure embrassa cette main
avec effusion.

— Pourquoi donc embrasses-tu mes mains, mon
enfant, je n'ai encore rien fait pour toi ! Et quand
même, si j'ai le cœur tendre, j'ai les mains rudes,
cela ne fait rien pour faire l'aumône, mais c'est désagréable à embrasser ; voilà mes joues, petite, et je
te les donne de grand cœur.

Laure ne marchait pas, elle courait ; madame

Jean avait peine à la suivre. Laure monta toute joyeuse, elle avait une amie.

— Je descends chez moi, avait dit madame Benoît en la voyant entrer, Mouton n'a pas sa pâtée, ce pauvre animal ! c'est pour cela qu'il me tourmente ; viens, Mouton. Oh ! la vilaine bête ! voyez comme il saute ! il va me faire tomber ! tout beau, Mouton.

Madame Jean regarda la malade ; elle vit de suite qu'il y avait peu d'espoir. Laure lui raconta qu'elle avait caché le congé, croyant bien faire.

— Ne t'inquiète pas, demain Charles t'apportera ce qu'il te faut, et ta mère pourra se rétablir ou mourir sur son lit.

Laure serra convulsivement les mains de Mme Jean qui sortit sans détourner la tête, son cœur débordait. Ce fut au premier seulement qu'elle retrouva la parole ; elle poussa du pied et avec colère l'assiette de Mouton.

— Donner toute cette viande à un chien, dit-elle en s'adressant à madame Benoît qui semblait en contemplation devant l'animal, quand il y a dans votre maison de pauvres créatures qui jeûnent les trois quarts du temps ! je parie qu'il ne vous est jamais venu à l'idée de monter un bouillon à cette femme qui se meurt !

— Ma foi non ! répondit Mme Benoît en rapprochant la pâtée de son chien ; c'est malheureux par sa faute ! ça pouvait faire un bon mariage ; s'il fallait encourager tous ces gens-là, on se mettrait sur la paille.

— Tenez, je m'en vais, cria Mme Jean en se sauvant ; vous me feriez sortir de mon caractère et je vous battrais comme je bats mon linge à la rivière.

— Me battre ! s'écria madame Benoît qui ne pouvait en croire ses oreilles ; eh bien ! cela serait drôle et je voudrais le voir pour rire un peu ! Me battre ! tu as entendu, Mouton, et tu ne lui as pas dévoré les jambes, à cette blanchisseuse-là ! En voilà une poissarde qui vient chez les honnêtes gens pour les insulter ! ouf ! je n'en puis plus !

Elle tomba sur une chaise ; Mouton alla se coucher avec un calme qui lui fit beaucoup de tort dans l'esprit de sa maîtresse.

— Ah ! si jamais elle revient dans mon bateau,

disait Mme Jean, je lui fais payer sa place vingt sous.

— Oh! ajouta-t-elle en s'en allant, que je suis donc contente d'avoir amassé quelques gros sous, quand je puis les employer comme ça.

Le lendemain, à huit heures du matin, Charles entrait chez Laurence, il tenait sa casquette d'une main et dans l'autre cinquante francs en pièces de quarante sous; on eût dit qu'il portait un taber-nacle.

— Voilà ce que Mme Jean vous envoie, dit-il tout fier de sa mission.

Laure fut d'abord tellement surprise qu'elle douta quelques secondes, puis elle remercia Charles d'un regard si affectueux, si éloquent, que notre petit républicain se sentit tout ému; Laurence était assez calme, elle souffrait sans se plaindre, elle était rési-gnée depuis longtemps à mourir et n'espérait plus que le repos éternel; elle embrassa son enfant, la pressa quelques instants avec une force fébrile, fixa son regard étincelant sur la jeune fille, mais les bras se détendirent, le regard s'éteignit, les lèvres ces-sèrent de frémir, le sang s'arrêta, elle était morte.

Ce fut Charles qui poussa le premier cri. Laure avait tellement peur de la vérité, qu'elle ne voulait pas y croire, elle était immobile comme une statue gardant un mort.

— Mademoiselle, murmura le jeune homme, vous n'avez plus de mère, mais vous avez en moi un frère qui vous aimera bien.

Ces mots rappelèrent Laure à son malheur, elle se jeta sur le lit, se coucha près de sa mère, l'appela, lui couvrit le visage de larmes et de baisers.

— Elle est morte, dit en entrant Mme Benoît; ma foi, la pauvre fille est bien heureuse, il'y a longtemps qu'elle filait un mauvais coton.

— Mademoiselle, dit Charles en cherchant à entraîner Laure, vous allez vous faire du mal. Il reste des devoirs à remplir. Je vais faire ces quelques démarches pour vous. Comment voulez-vous la faire enterrer?

— Parbleu! aux indigents, répondit Mme Benoît.

Laure la regarda; ses pauvres yeux étaient rouges comme si elle allait pleurer du sang! Ce regard semblait dire : Ayez donc pitié de moi?

— Prenez tout cet argent, dit Laure en s'adressant à Charles, et portez-le aux pompes funèbres!
qu'on m'envoie ce qu'on peut avoir pour ce prix. Je
le rendrai à Mme Jean, et après j'irai rejoindre ma
pauvre mère!

Charles sortit, il avait aussi son idée, il possédait
quelques économies. Il commanda un corbillard de
troisième classe, et pour que Laure ne vît pas aux
croque-morts cette mine désagréable qu'ils prennent généralement lorsqu'ils enterrent un indigent,
il leur glissa dans la main deux pièces de quarante
sous, on lui promit presque des larmes, il s'éloigna
avec dégoût.

N'y a-t-il pas quelque chose de hideux dans cette
histoire des pleureurs et des prieurs, dans l'air con-
trit que prennent ces employés de la mort quand ils
accompagnent un riche et l'air gai avec lequel ils
escortent les pauvres?

Charles se rendit à l'église; la chapelle de la Vierge
était trop chère, il fallait se contenter d'une petite
chapelle.

Charles paya d'avance et sortit de l'église avec un

sentiment pénible, lui qui rêvait l'égalité sur terre. Il se disait :

— Si les pauvres vous trompent, les morts ne vous trompent pas ; la place à l'église, le corbillard, la fosse devraient être de même pour tous.

Le caractère n'est pas toujours ce qu'il paraît, et quand le cœur est bon, on regrette souvent un mot, une action faite sans réflexion.

Lorsque Mme Benoît fut remise de la brusque sortie que lui avait faite la batelière, elle se reprocha à son tour ce qu'on venait de lui reprocher, elle se leva, ouvrit une armoire, prit son plus beau peignoir, son meilleur drap et monta au cinquième.

— Tiens, Laure ! dit-elle en posant doucement son paquet sur le pied du lit comme si elle craignait d'éveiller la morte, voici du linge pour l'ensevelir ! Je viens la veiller avec toi ! Pardonne-moi mes brusqueries, petite ! je regrette de t'avoir fait de la peine !

Laure appuya sa tête sur l'épaule de Mme Benoît et pleura ! Ce fut la seule réflexion qu'elle put faire. Cette amie arrivait à point pour rendre les derniers devoirs à Laurence, car Laure était incapable de

rien ; elle n'avait plus de voix pour se plaindre, plus
de larmes, plus de force.

Elle suivit le convoi de sa mère sans avoir positivement la conscience de ce qui se passait autour
d'elle.

Mou'on fut un véritable sujet d'inquiétude pour
sa maîtresse. Il s'arrêtait à toutes les portes et courait même après quelques chiens qui revenaient du
Père-Lachaise aussi gaiement que s'ils eussent hé-
rité.

Mme Jean soutenait Laure, Charles la regardait
avec les yeux de son âme ; il ressentait toutes les
douleurs qu'elle devait éprouver.

Laure jeta une couronne d'immortelles dans la
fosse de sa mère ; on eût dit qu'elle venait d'y jeter
sa vie, car elle tomba à la renverse et perdit connaissance.

— On ne peut·la conduire chez elle, dit Charles
en s'adressant à Mme Jean ; que ferait-elle seule
avec le souvenir ?

— Tu as raison, mon enfant, je vais l'emmener
chez nous ; pardine, je n'aurais pas eu cette idée-
là, moi ; je ne suis pourtant pas bête !

6.

CHAPITRE IX

Laure fut installée chez sa protectrice, elle devait soigner la maison et coudre.

Le soir, Charles lui donnait des leçons d'écriture.

Quoique bien différent, un grand sentiment se développait dans les cœurs de ces deux jeunes gens.

Charles était amoureux de Laure ; elle l'aimait aussi, mais comme elle eût aimé son frère.

Les femmes du bateau commencèrent à chuchoter, Mme Jean se fâcha, cela ne fit qu'empirer les choses.

Depuis cinq mois que Laure vivait avec elle, elle s'était habituée à l'aimer autant qu'elle aimait Charles, pourtant son bon sens l'emporta sur son cœur.

Mme Maubel connaissait Laure, une simple démarche suffirait.

— Le monde est méchant ! dit un jour Mme Jean à Laure en l'embrassant; on dit Charles amoureux de toi... il n'y a pas de mal à cela... mais vous êtes trop jeunes et je dois vous séparer pour quelque temps.

Laure comprit les motifs qui faisaient agir son amie, elle consentit donc à la quitter, à la condition, toutefois, de venir la voir toutes les semaines.

Charles crut qu'il allait mourir de chagrin, quand la jeune fille quitta la maison pour entrer à l'année chez Mme Maubel.

Mme Jean se moqua d'abord de lui, mais comme il avait l'air vraiment malheureux, elle le raisonna.

— Tu es trop jeune pour te marier; attends un peu, que diable ! tu n'es pas sorti de nourrice; vous avez trente-cinq ans à vous deux.

Laure fut installée dans l'un des comptoirs du magasin.

Martin fut pour elle d'une prévenance constante.

Mme Maubel lui parlait avec douceur, et le premier jour où Roger la vit, il la salua avec des marques de respect et de sympathie. Laure devint couleur de pourpre en le voyant entrer.

— Vous avez été bien malheureuse depuis que je ne vous ai vue, mademoiselle! Dites-moi, ajouta-t-il à demi-voix, pourquoi vous m'avez refusé?...

Laure se troubla.

— Je ne sais... murmura-t-elle embarrassée.

— Vous avez cru que je serais un créancier exigeant, n'est-ce pas?

— J'ai oublié...

— Je suis moins oublieux que vous. Votre refus m'a fait beaucoup de peine, surtout quand j'ai appris... Je serai plus heureux, n'est-ce pas, maintenant? et si je puis vous rendre un service, vous me traiterez en ami.

Roger s'éloigna; il était loin qu'elle tremblait en-

core. A partir de ce jour, et malgré elle, elle prit
part à tout ce qui le concernait. Si on l'accusait, elle
sentait son cœur battre ; une voix s'élevait en son
âme pour le défendre.

Quand M. Martin faisait chorus avec Mme Maubel
pour blâmer la conduite du jeune homme, Laure se
fâchait avec le caissier, le boudait, et cela lui était
très-sensible, car il éprouvait pour elle une affection
qui grandissait chaque jour.

Mais Sophie ne s'arrangea pas de ces liens d'amitié qu'on nouait ainsi sans son consentement, elle
eut la folle idée de voir en Laure une rivale.

— Il est laid, il est vieux, se disait la cuisinière,
mais il a de l'esprit, du mérite et surtout des économies. Voyez-vous cela ? je vais l'avoir aidé à capi-
taliser pour qu'il donne ce qu'il a à cette petite
drôlesse? Je veux qu'il se prononce pas plus tard
que tout de suite ; je me suis déjà informée, on ne
m'en fait pas accroire à moi !

— Ah ! s'écria-t-elle en voyant Martin traverser
la cour, venez donc ici, monsieur le caissier ; nous
avons à causer sérieusement ensemble. Voilà douze
ans que nous sommes amis ; vous m'avez toujours

trouvée empressée à vous plaire, à vous être utile, je ne vous ai jamais fait défaut et je croyais avoir droit à toute votre affection ; vous vous partagez, je n'aime pas cela.

Ce n'était pas la première fois que Martin était en butte aux attaques de Mlle Sophie, aussi sut-il de suite ce dont il s'agissait.

— Vous savez bien, mademoiselle Sophie, qu'à part l'amitié que j'ai pour vous, je vous ai aussi une grande reconnaissance, et rien ne saurait altérer les sentiments que vous m'avez inspirés ; est-ce que j'aurais eu le malheur de vous déplaire en quoi que ce fût ?

— Non, répondit Sophie embarrassée de la tournure qu'elle devait donner à ses phrases ; non, mais j'ai peur, j'avais apprécié votre caractère, j'espérais que rien ne viendrait se placer entre nous. Quand on devient vieux, il fait bon avoir un bras pour s'appuyer.

— Le mien est toujours à votre service, répondit Martin qui ne voulait absolument pas comprendre qu'avec le bras on lui demandait la main ; disposez de moi, mais vous comprenez, cette pauvre enfant est toute seule sur la terre, mes conseils lui sont nécessaires, c'est une bonne nature, et je vous la recommande.

— C'est une petite fille comme il y en a tant, répondit Sophie avec cet air mielleux, hypocrite qui faisait le fond de son caractère; vous savez pourquoi Mme Jean a été obligée de la renvoyer, n'est-ce pas?

— Elle ne l'a pas renvoyée, répondit vivement Martin.

— Éloignée, si vous voulez; elle a été forcée de s'en séparer à cause du petit jeune homme brun qu'elle a chez elle et qui vient voir votre Laure; il paraît...

— Laure est une honnête fille, j'en mettrais ma main au feu; il ne faut pas dire les choses si légèrement, mademoiselle Sophie; il est indigne de votre caractère pieux de colporter des propos, et d'y ajouter des suppostions. Rien ne saurait altérer l'estime que j'ai pour cette pauvre enfant.

Martin sortit de la cuisine, il était pâle de colère.

— Il en est fou, pensa Sophie. Oh! le vieux

monstre, j'ai été sa dupe. Eh bien, nous verrons un peu comment cela finira.

Tous les quinze jours Laure passait un dimanche chez madame Jean. Le caractère de Charles devenait de plus en plus sombre ; il observait sans cesse. Rien ne lui échappait, un regard, un signe, une parole ; il tenait compte de tout.

Un jour, en allant au cimetière avec Laure, il lui parla d'abord avec assez d'indifférence de M. Roger, puis il arriva progressivement à l'accabler.

— C'est un mauvais sujet, disait-il, il n'a pas de cœur, ce doit être un sot...

— Non, répondit Laure qui ne voyait pas le piége ; son cœur est bon et son esprit élevé ; mais c'est un homme à la mode et il paraît que cela oblige...

— C'est plus qu'un sot, alors, s'il est intelligent et qu'il se ruine pour des chevaux et des femmes ; s'il avait du cœur, est-ce qu'il laisserait travailler sa mère comme une bête de somme ? A quoi sont-ils bons, ces lions et ces beaux ? Malheureux d'être trop heureux en tout, ils nous volent notre bonheur. Cette race de paresseux est un fléau, et il

faut des hommes comme nous qui relèvent la tête
un jour pour les anéantir ; vous verrez comme ils
sont légers dans notre main quand Dieu ordonne
au peuple d'en faire justice.

Laure fit un mouvement involontaire. Le regard
de Charles lançait des éclairs ; elle ne répondit pas,
dans la crainte d'augmenter ce qu'elle appelait ses
accès de folie.

—Vous tremblez, lui dit-il après une pause ; il
vous intéresse, n'est-ce pas? L'homme qui ne fait
rien a tant de mérite ! ses mains sont blanches, il
est instruit, nous payons ses maîtres; il doit avoir
de l'esprit, nous nous taisons quand il parle.

Jamais Charles n'avait laissé voir ses idées révo-
lutionnaires d'une façon aussi transparente. Pensait-
il ce qu'il disait, ou voulait-il seulement effrayer sa
compagne pour lui arracher un secret? Cette dernière supposition me paraît probable, car il ne put
cacher un sourire ironique lorsqu'il la vit pâlir.

—Qu'avez-vous donc, Laure? vous vous soute-
nez à peine.

— Vous m'avez fait peur

7

— Vous l'aimez donc? s'écria Charles en s'arrêtant en face d'elle.

— Mon ami, murmura Laure, je vous assure...

Ils étaient entrés au Père-Lachaise; ils firent plusieurs détours sans échanger une parole. Arrivés
devant la croix noire posée sur la tombe de Laurence, Charles prit la main de sa compagne et l'é-
tendit au-dessus de la croix.

— Jurez, lui dit-il, que vous ne l'aimez pas, ce
Roger!

Laure tomba à genoux, la figure contre terre; on
eût dit qu'elle cherchait à entrer dans son sein pour
se dérober au monde, à elle-même.

— Ma mère! ma mère! murmura-t-elle en se
cachant la figure dans ses mains, tends-moi donc
tes bras, je veux aller près de toi.

— Vous n'avez pas osé mentir, reprit Charles en
lui touchant l'épaule. J'ai été l'ami de votre douleur, je l'ai partagée; je l'ai pleurée celle qui est là
sous cette pierre. Elle sait que mon amour est honnête, mon cœur loyal; demandez-lui ce qu'il vous
reste à faire. Qu'elle vous inspire d'après ce qu'elle
a souffert en ce monde! Si son exemple ne vous

effraye pas, si sa voix n'arrive plus à votre âme,
que votre destinée s'accomplisse! Quand vous serez
perdue, flétrie, vous viendrez demander un appui,
du pain à ces deux bras qui resteront ouverts pour
vous recevoir comme un frère reçoit une sœur.

Laure pleura. Lorsqu'elle releva la tête, Charles
avait disparu.

— Mon Dieu! pensa-t-elle avec effroi, il a lu dans
mon âme. Ma mère, protége-moi, aie pitié de moi,
c'est un amour comme le mien qui a creusé cette
tombe. Ah! mon Dieu! mon Dieu! prenez-moi en
pitié. Mon Dieu! n'avez-vous pas assez éprouvé
votre servante en lui reprenant sa mère? Épargnez-
lui d'autres douleurs.

Laure pria longtemps avec ardeur; il faisait nuit
noire lorsqu'elle quitta le cimetière.

CHAPITRE X

Depuis l'installation de Laure chez Mme Maubel, Roger n'était jamais venu sans causer un peu avec la jeune fille. Il lui disait ces mille choses indifférentes à ceux qui n'aiment pas, mais qui sont tout un poëme pour les amoureux.

Quand on inspire de l'intérêt à un homme, ce sentiment change vite de forme, si ce n'est en amour, en caprice ou en désir; mais Roger était entraîné dans un tourbillon d'intrigues, de plaisirs, qui lui laissait à peine le temps de penser à la conséquence des choses qu'il disait sans y attacher d'importance.

Depuis sa conversation avec Charles, Laure était plus réservée, elle se croyait même en voie de guérison lorsqu'un événement imprévu lui révéla ce qu'elle ignorait : la douleur que fait éprouver la jalousie.

Un jour, une voiture s'arrêta à la porte du magasin de Mme Maubel; une dame fort élégante en descendit, elle entra et fit déplier à Laure tout ce qu'il y avait de plus beau dans les cartons.

Lorsque cette dame eut fait sa commande, Laure la pria de donner son nom au bureau.

Mme Maubel qui entrait en ce moment s'arrêta tout court en entendant le nom de sa nouvelle cliente.

Martin resta la main en l'air... Laure faillit perdre connaissance.

« Mme Honorine Bussy, répéta la maîtresse de Roger; Bussy, reprit-elle en sortant, nº ... Cité Bergère.

— Quelle impudence! dit enfin le caissier; venir le relancer jusqu'ici, chez sa mère! Madame est trop bonne, tout cela finira mal.

7.

Martin remarqua le trouble de Laure, il regretta
d'avoir parlé; puis pensant qu'il valait mieux la guérir que de la laisser se nourrir de chimères, il la tor-
tura, croyant faire le bien.

— La hardiesse de cette femme, disait-il, dépasse
tout ce qu'on peut imaginer! M. Roger, m'a dit
un jour en me parlant d'elle :

— « Ma maîtresse est mariée; je ne veux aimer
que des femmes honnêtes. »

— Si l'on appelle ces créatures des femmes honnêtes, interrompit Mme Maubel en soupirant, que
restera-t-il à celles qui n'ont en ce monde qu'une
joie, qu'une récompense : se faire honorer pendant
leur vie pour être respectées après leur mort! Cette
misérable qui sort d'ici est le mauvais génie de mon
fils? c'est pour elle qu'il me ruine... m'abandonne!...
Ah! le monde est cruel ou débonnaire; il permet
d'exercer dans son sein le métier de courtisane...
et son mari...

— Je crois que son mari ne vaut pas mieux
qu'elle, répondit Martin. C'est un ménage à trois
qui vous coûte cher et vous ruinera si vous n'y met-
tez bon ordre. Je lui aurais dit...

— Roger ne m'aime pas ! Que je meure demain,
il me regrettera, parce que, vivante, je travaille
pour lui!...

— Ne croyez pas cela, madame ! interrompit
Laure d'une voix tremblante; oh! ne croyez pas
cela, c'est impossible ! je suis bien sûre qu'il vous
préfère à tout !

Mᵐᵉ Maubel la remercia du regard. Généralement,
dans un mouvement de colère, on dit du mal des
gens qu'on aime, mais on est heureux qu'une voix
s'élève pour les défendre.

En quittant le magasin de Mᵐᵉ Maubel,
Mᵐᵉ Bussy se rendit chez elle. Elle habitait Cité
Bergère, dans une de ces maisons qui dépeignent
à merveille le fond du caractère de notre époque.
Tout est sacrifié à l'extérieur; les maisons sont
belles en apparence, mais elles n'ont pas de pro-
fondeur. On divise douze petites pièces dans une
circonférence où deux d'une grandeur raisonnable
tiendraient à peine; on construit des ruches pour
loger des hommes. On manque d'air dans ces
boîtes, mais on a un appartement complet.

Mᵐᵉ Bussy demeurait au premier étage. Son

ameublement s'accordait parfaitement avec l'archi-
tecture moderne. Le sujet de la pendule, imitation
de bronze, était prétentieux; les rideaux de tulle
étaient soutenus par des nœuds de ruban rose re-
teint. Le piano restait fermé parce que les touches
d'ivoire, jaunies par le temps, ressemblaient à de
longues dents déchaussées.

Le mari de Mme Bussy était employé dans un bureau, où il gagnait quatre mille francs. Il fallait
aller dans le monde, être logé convenablement,
avoir deux domestiques, donner à dîner de temps à
autre, s'entretenir, et surtout paraître élégante.
Les marchandes à la toilette sont là.

Elles achètent la défroque de ces belles capricieuses qu'on voit apparaître aux bals, aux pro-
menades, aux théâtres, et qui vendent à bas prix
le caprice de la veille pour la fantaisie du lendemain.

Mille pratiques comme Mme Bussy attendent
l'occasion de se parer à bon compte du plumage
tombé des ailes de ces jolis oiseaux de proie qui
planent sur la capitale et s'abattent sur les capi-
taux. On les méprise, on ne voudrait pas les tou-

cher du bout du doigt, leur souffle est impur ; mais leurs robes, leurs cachemires sont parfumés.

Mme Bussy était en train d'essayer une confection que lui apportait une revendeuse lorsqu'on sonna.

— Si c'est M. Roger, dit-elle à la domestique sans se retourner, dites-lui que je suis avec ma couturière, et priez-le d'attendre dans le boudoir.

Ce boudoir était grand comme une guérite ; les murs étaient tendus en papier bouton d'or, imitant la soie capitonnée. Trois fauteuils recouverts de velours grenat se serraient les bras les uns contre les autres, comme s'ils eussent voulu cacher les trous qu'ils avaient au coude.

— Ah ! c'est vous, enfin, dit Mme Bussy en entrant ; je pourrais dire comme le grand roi : J'ai failli attendre.

— Je ne me croyais pas en retard, répondit Roger en saluant respectueusement.

Honorine attendit que la domestique eût refermé la porte pour dire d'un ton de reproche :

— Vous n'êtes jamais pressé.

— Vous êtes toujours injuste, répondit le jeune homme en lui baisant familièrement la main par

l'interstice du gant resté ouvert. Si ma montre
retarde, mon cœur avance; vous êtes prête, je vais
chercher une voiture.

— Non, nous irons à l'exposition en nous promenant, je finirais par vous ruiner. Ah! merci pour
vos fleurs. Mon mari viendra peut-être nous retrouver; je lui ai dit que vous m'aviez offert votre
bras, reprit-elle en riant, il n'est pas inquiet lorsqu'il me sait avec vous.

A peine avait-elle fait vingt pas dans la rue,
qu'elle déchira son gant avec colère, en disant :

— Ils sont trop petits; je m'en passerai.

— Y pensez-vous? répondit Roger en l'entraînant dans la boutique d'un parfumeur, exposer vos
jolies mains au soleil.

— Je vais bien y exposer ma figure, reprit-elle
en clignant des yeux comme si elle souffrait déjà;
mon ombrelle est cassée.

— Entrez chez le parfumeur, prenez-en deux
paires, lui dit Roger en tirant un louis de sa poche;
s'ils allaient encore se déchirer.

— Par exemple, vous plaisantez.

— Madame a bien tort, se hâta de dire la marchande, ils vont augmenter ; voyez un peu les jolies couleurs vert d'eau, paille et rose.

— Vous me tentez, fit Honorine en prenant six paires de gants. Mon mari vous rendra... dit-elle à Roger en sortant.

— C'est convenu, murmura le jeune homme en lui serrant le bras ; nous ajouterons à cela une ombrelle.

— Elles sont bien jolies chez Cazal, mais il est si cher !

Cinq minutes après, on était chez le marchand à la mode. Honorine s'éprit d'une grande passion pour une ombrelle toute simple, un chiffon de broderie doublé de taffetas rose, orné d'un manche d'ivoire vert très-bien sculpté. Roger se fit répéter le prix deux fois : quatre-vingt-dix francs. Il paya, car Mme Bussy s'était emparée de l'ombrelle en disant:

— J'ai eu tort, je suis un grand enfant. Mon Dieu! mais nous n'arriverons jamais ; il est déjà tard et nous ne sommes pas à moitié chemin.

— Prenons une voiture, répondit Roger en faisant signe à une régie de s'arrêter.

Cette petite scène se renouvelait chaque fois qu'il

sortait avec Mme Bussy : c'était une robe qu'on trouvait jolie, un chapeau dont la forme était ravissante.
Tout cela coûtait un soupir qu'on poussait en s'é-
loignant. Roger comprenait, et le lendemain, pendant que le mari était à son bureau, on apportait
l'objet choisi la veille. Cela durait depuis un an; les
inventions n'avaient pas manqué, au contraire, elles
allaient toujours croissant.

CHAPITRE XI

M. Bussy, cependant, était un honnête homme ; il faisait son devoir, bureaucratiquement et conjugalement parlant ; il n'est pas utile de regarder de trop près aux petites choses de la vie pour vivre heureux.

Lorsqu'il allait dans le monde, il parlait de son bonheur comme d'une chose réelle. Si l'on faisait un compliment à Mme Bussy, il répondait : « Elle a beaucoup de goût, ma femme ; elle ne dépense pas huit cents francs pour sa toilette. Il est juste de dire

8

que ses dentelles sont fausses et ses bijoux en imitation. »

Il passait pour un homme unique ; il avait toujours payé vingt francs ce qui en valait cent.

La bourse de Mme Maubel savait seule ce que coûtaient ces bons marchés.

Mme Bussy avait une nature de chatte. Sans être d'une beauté parfaite, elle plaisait à tout le monde ; puis, lorsqu'on sait une femme coquette, accessible à la flatterie, on lui fait la cour en se disant : Mon tour viendra.

Parmi les hommes qui lui faisaient une cour assidue se trouvait un gros bonhomme rond comme un sac d'écus. Regnard était agent de change. Au premier bénéfice qu'il fit à la Bourse, on le trouva spirituel ; au second, on le trouva beau ; au troisième, on se disputa ses bonnes grâces. Il avait les cheveux et les yeux gris, les lèvres fortes, le sourire fin, voilà tout ; mais c'était une des étoiles d'argent à la mode, et Honorine était loin de repousser ses galanteries. Elle avait toujours pour lui, au milieu de la foule, un regard, un sourire.

Roger avait cru s'apercevoir plusieurs fois qu'on

se faisait de petits signes d'intelligence; mais celui qui trompe les autres est le dernier à croire qu'on puisse le tromper. Puis, Honorine n'était pas femme à laisser deviner facilement ses secrets. Si elle sentait poindre un doute, un soupçon, elle attaquait pour n'avoir point à se défendre.

A une petite soirée intime, Roger vit M. Regnard prendre familièrement la main de M   Bussy et causer avec elle à voix basse.

Il allait lui adresser quelques questions lorsqu'elle revint; elle ne lui en laissa pas le temps.

— Si vous voulez, lui dit-elle brusquement, faire la cour aux femmes, ne choisissez pas mes amies; vos grisettes, passe...

— Quelles amies? quelles grisettes? demanda Roger étonné.

— Vous n'avez pas quitté Mme Jeanne R... depuis notre arrivée ici.

— Ah! par exemple! c'est à peine si nous avons causé cinq minutes!...

— Le temps vous a semblé court!...

— Est-ce sérieux?

— Je tremble de colère!

— Pour si peu ?

— Vous riez encore!... Prenez garde! je me ven-
gerai !

— Et de quoi?

— De toutes les peines que vous me faites.

— Je voudrais bien savoir comment. Voyons,
quels sont mes torts ?

Il avait oublié complétement la question qu'il
voulait faire.

— Vous aimez toutes les femmes ! reprit Honorine, qui espérait échapper aux détails en faisant
cette généralité.

— Je n'aime que vous...

— Et votre petite brodeuse? je suis allée chez
vous pour la voir.

— Quelle brodeuse ?

— Cette petite pâlotte qui travaille chez votre
mère !...

— Laure? demanda Roger en s'arrêtant de nouveau.

— Elle est en deuil.

— C'est Laure.

— Elle est jolie!...

— Vous trouvez?...

— Et vous?...

— Moi, répondit Roger après une pause, je ne l'avais pas remarquée.

— Laissez donc! c'est pour elle que vous allez tous les jours... J'avais des soupçons...

— Vous avez eu tort... je n'aime pas les grisettes.

— Celle-là a de la distinction ; et puis je suis sûre qu'elle vous aime !

— Ah! bah! et qui vous a fait croire?...

— Des pressentiments qui ne me trompent jamais.

— Ne les écoutez pas! murmura Roger en lui serrant la main.

— Je vous dis qu'ils ne me trompent jamais! reprit Mme Bussy en se donnant un air inspiré ; je suis certaine que Mme R... vous fait des coquetteries... Oh! je la connais, allez!...

— Elle ne sait pas que nous nous aimons.

— Elle s'en doute! reprit Honorine; rien ne peut lui échapper, elle a tant d'expérience!

— Je la croyais votre amie!...

— Nous avons des amis communs; je la rencontre dans le monde, c'est une connaissance, voilà tout.

— On la dit riche, bien née; c'est une femme comme il faut...

— Vous croyez tout ce qu'on dit, reprit Honorine en baissant la voix; sa manière de vivre était un problème difficile à résoudre pour les autres, mais non pour moi; j'ai voulu savoir et j'ai su...

— Quoi donc? demanda Roger.

— L'histoire de la fille et du mari!... On disait que M. R... était retenu par des affaires d'intérêt aux colonies et qu'il envoyait à sa femme des sommes folles!...

— Oui! Eh bien?...

— Il ne lui écrit jamais, ne lui envoie pas un sou, et ne veut en entendre parler sous aucun prétexte.

— Ah! bah! pourquoi se sont-ils séparés?

— Parce qu'elle se conduisait d'une façon indigne! Il paraît qu'elle était très-jolie...

— Elle l'est encore! répondit Roger en regardant Mme R... qui passait; profil grec, teint frais, dents

blanches, petite taille, œil bleu qui parle, cheveux
fins et noirs...

— C'est un vrai pastel ! répliqua Honorine qui ne
s'attendait pas à cette réponse ; comme vous prenez
feu! Voulez-vous que je lui dise que vous l'ado-
rez?...

Roger se mit à rire et se tut, mais il avait raison ; Mme R... était ravissante. Elle avait sacrifié son
genre de vie honnête au caprice, à la fantaisie;
son mari avait voulu lutter, il s'était brisé contre cette
nature incompréhensible qui tenait du démon et de
l'ange rebelle. Il partit un jour et alla cacher sa
honte aux Antilles.

Mme R..., sut mieux que personne profiter de sa
beauté, faire valoir son esprit et ses charmes. Peut-
être Mme Bussy devait-elle à cette femme d'avoir
fait ses premiers pas dans le chemin de l'intrigue ;
mais il était impossible de rivaliser, de lutter avec
Mme R.... Son appartement était un musée.

Les hommes aujourd'hui ne se ruinent ni par goût
pour eux-mêmes ni pour plaire à la femme aimée.
Il faut une voiture pour le cheval, un cheval pour
la voiture, et les deux pour le monde.

Malgré sa chute et peut-être à cause de cette chute, Mme R... affectait de grandes manières; elle était distinguée de sa personne, instruite, bonne musicienne; elle eût été parfaitement heureuse si elle avait pu se faire à l'idée de vieillir. Sa fille grandissait, elle avait beau l'habiller en enfant, elle ne pouvait arrêter la croissance. La petite Marie, qu'on appelait Nini, disait à tout le monde: J'ai quatorze ans. Cette indiscrétion lui valut une disgrâce, on ne la fit presque plus sortir de sa pension. Son frère plus jeune de huit ans devint le favori, et lorsqu'un ami demandait des nouvelles de la pauvre exilée, sa mère répondait :

— Vous voulez parler de ma nièce; elle se porte bien.

Le petit garçon avait ordre d'appeler sa sœur: Ma cousine.

Mme R... avait trente-cinq ans; seulement, au grand étonnement de ses amis, tous les ans elle rajeunissait de douze mois; mais sa femme de chambre savait tous ses petits secrets et les vendait au plus offrant. La femme de chambre généralement est un animal rapporteur, qui voit tout, entend tout,

connaît tout, c'est une ennemie intime, acharnée,
que vous attachez à votre personne à tant par an.
Vous n'êtes jamais jolie pour votre femme de chambre, elle vous discute à la cuisine, chez le portier,
à l'écurie ; elle vous déchire à belles dents, elle ne
vous craint pas et a l'air de vous protéger en vous
servant.

CHAPITRE XII

Honorine n'avait pas dédaigné de causer longuement avec Mlle Rose, c'était le nom de la ca-
mériste de Mme R...; Mme R..., de son côté, du reste,
ne ménageait pas Mme Bussy.

Un soir qu'elle vit Roger au théâtre des Variétés,
elle le plaisanta; la forme sauvait les apparences,
mais le fond voulait dire ceci :

— Cher monsieur, vous êtes ce que disait Molière au mari malheureux !... Cherchez bien et vous
trouverez.

— Où faut-il chercher? demanda Roger en riant.

— Retournez à votre stalle et vous brûlerez.

En retournant à sa place, Roger regarda autour de lui... M. Regnard se trouvait à sa droite; Roger regarda Mme R.. en lui désignant le gros homme. Elle lui fit un signe affirmatif. Il se promit d'éclairer les faits et il ne lui fallut pas grand temps.

Le lendemain, il suivit sa maîtresse et la vit entrer dans la maison du monsieur en question. Elle y resta deux heures. Roger l'attendit et lui saisissant le bras assez brusquement quand elle sortit, il lui demanda compte de cette visite prolongée.

— Pour qui me prenez-vous? s'écria-t-elle avec indignation; oubliez-vous que je suis une femme honnête? En vérité, vous me traitez comme une de ces créatures qui se livrent au plus offrant. Faites attention, Roger, vos soupçons me blessent, vous êtes bien plus ennuyeux que mon mari.

— C'est que je n'ai pas sa crédulité ou son indifférence, répondit Roger; vous croyez que je n'ai pas remarqué tous les changements apportés dans votre appartement!... Mme R... avait raison!...

— Que croyez-vous donc? demanda Honorine

avec hauteur et en pâlissant ; puisque vous vous imposez à moi, je vais vous dire la vérité ; mais, après, nous nous quitterons pour ne plus nous revoir. J'ai remis à M. Regnard, agent de change, une somme de trois mille francs que j'avais amassée sur mes économies ; il les a fait valoir à la Bourse, j'ai gagné douze mille francs en moins d'un mois, voilà mon secret. Je ne vous pardonnerai jamais de m'avoir soupçonnée !

Elle partit comme un coup de vent, Roger fut étourdi.

— Puisqu'elle s'est donnée à moi, pensa-t-il, il n'y a pas de raison pour qu'elle ne se donne pas à un autre. Me tromper pour un pareil homme ! me ridiculiser ! Je veux me venger ! cela me sera facile, Mme R... ne demandera pas mieux que de m'aider un peu...

Après quelques minutes d'une marche rapide, Mme Bussy s'arrêta ; elle était trop agitée pour rentrer chez elle, et puis le nom de Mme R... jeté au milieu de la conversation lui revint en mémoire, elle prit le chemin de la rue de la Chaussée-d'Antin.

Mme Bussy se fit annoncer ; il était bien matin

pour faire une visite à une femme qui ne se montrait
jamais avant d'avoir sur le visage cette couche de
plâtre décomposé qu'on appelle blanc de lis, blanc
de perle, ou crème de beauté.

Mᵐᵉ Bussy espérait en y allant si matin la trouver
au naturel, mais il n'en fut rien. Jeanne R... attendait ses visiteurs, on ne peut pas dire de pied
ferme, mais l'œil et le teint faits.

— C'est vous, chère, cria-t-elle de sa chambre;
laissez entrer, Rose, j'y suis toujours pour Mᵐᵉ Bussy.
Elle excusera mon costume. Je ne recevrais pas tout
le monde en robe de chambre.

Les deux femmes se serrèrent la main comme
deux habitués du sport et s'assirent l'une près de
l'autre sur un tête-à-tête recouvert d'étoffe Pompa-
dour.

— Vous auriez tort de ne pas recevoir tout le
monde dans ce charmant costume, vous êtes tout
bonnement adorable; vous le savez bien, coquette!
Vous m'excuserez pour ma visite matinale. J'avais
une bonne nouvelle à vous apprendre.

— Dites, vite, chère!

— Elle m'intéresse que moi et mon mari, mais

9

vous m'avez toujours témoigné tant d'affection!...

— Pas autant que je l'aurais voulu, chère belle, vous ne m'avez jamais rien demandé.

— On devrait se contenter de ce qu'on a, mais mon mari gagne si peu!

Mme R... ne put s'empêcher de sourire.

— Heureusement, j'ai eu une idée. M. Regnard qui, vous le savez, est un bien digne homme, m'a conseillé de jouer à la Bourse.

— Ah! fit Jeanne avec un air d'indifférence qui cachait mal son dépit.

— J'ai gagné six mille francs, j'ai été beau joueur! J'ai fait mon *paroli,* comme on dit au Baccarat, et j'ai gagné vingt-quatre mille francs!

— Vingt-quatre mille francs, répéta Mme R..., mais vous êtes heureuse au jeu, ma chère! Mon compliment bien sincère.

— Elle enrage! pensa Mme Bussy; enfin, je vais donc me faire envier un peu à mon tour.

— J'avais absolument besoin de cela pour remeubler notre appartement; vous nous écrasez de votre luxe, nous autres pauvres femmes d'employés.

Oh! si mon mari gagnait autant d'argent que le vôtre!

Jeanne fronça imperceptiblement les sourcils en disant :

— Avez-vous donc à vous plaindre de votre sort, vous qui gagnez tout ce que vous voulez. Si vous continuez ainsi, vous ferez une grande fortune sans que votre mari y soit pour rien.

— Mon mari est de moitié dans tout ce que je fais ; le monde est si méchant !...

— C'est parce que le monde est méchant, interrompit Mme R..., que je vais vous donner un conseil ; vous allez avoir des envieuses, vous serez jalousée, car ce cher agent de change qui a joué si heureusement pour vous...

— Pour moi, interrompit vivement Honorine, il jouait pour vous l'année passée avec le même bonheur !... Si l'on vous disait quelque chose, vous me défendriez comme je vous ai défendue. Qui dit amitié, dit alliance.

Elles se serrèrent encore la main ; Jeanne salua.

— Mon intervention ne vous sera pas utile, votre mari est de moitié dans toutes vos affaires !... La solution de tout cela, c'est que vous allez devenir millionnaire, et que nous vous demanderons votre protection. Vous êtes en veine, il faut obtenir de l'avancement pour M. Bussy.

— J'y ai pensé, répondit Honorine en se levant pour examiner un tableau, et je voulais à ce propos vous demander votre appui auprès du ministre ; il n'a rien à vous refuser.

— C'est un de mes bons amis, il a toujours été dévoué à ma famille, je le mets à votre disposition.

— Je me souviendrai de votre promesse !... Vous avez un goût parfait ; cette peinture est admirable ! c'est un Meissonnier, n'est-ce pas ? Quand votre appartement est éclairé, c'est un vrai palais de fée ! Ah ! vous donnez une soirée la semaine prochaine, reprit Honorine avec une apparente indifférence qui ne donna pas le change à Mme R.... ; vos invitations sont-elles faites ?

— Pas encore.

— Eh bien, chère dame, faites-moi le plaisir de ne pas engager M. Roger Maubel ; c'est un importun, il me suit partout.

— Il est amoureux de vous.

— Vous croyez ? il ne me l'a jamais dit.

— Vous n'avez pas besoin de cela pour le savoir,
répondit Mme R... en riant; et que vous a-t-il fait
pour tomber en disgrâce?

— Rien... mais il pourrait me compromettre...
vous l'avez dit, le monde est méchant.

— Pourquoi êtes-vous si jolie? Quand vous ver-
ra-t-on?

— Demain, nous avons notre agent de change à
dîner, vous comprenez, pour le remercier; voulez-
vous vous joindre à nous?

— De grand cœur! je me trouverai en pays de
connaissance.

— Elle est assez jolie... pensa Mme Bussy en sortant de chez son amie, mais elle est sotte. Je ne sais
pas qui lui a fait la réputation d'être une femme
d'esprit, cela n'a pas le sens commun.

9.

CHAPITRE XIII

Roger avait formé le projet de se venger d'Honorine en faisant la cour à son amie et il attendait avec impatience une heure convenable pour se présenter chez elle. Comme il ne savait que faire, il suivit les boulevards et arriva rue du Sentier.

Lorsqu'il entra dans le magasin, Mme Maubel était occupée; il fit un petit signe affectueux à Martin et vint s'asseoir en face de Laure en lui disant :

— Avec qu'elle ardeur vous travaillez! vous voulez donc faire notre fortune?

— On ne fait la fortune de personne, en brodant ;
pas même la sienne.

— Comme vous avez de jolies mains ! dit Roger
en se rapprochant ; tiens, ç'est extraordinaire.

— Vous vous moquez, répondit Laure en rougissant.

— Non, je vous assure.., laissez-moi voir.

Il prit la main de la jeune fille, qui regarda ses
petits doigts avec autant d'étonnement que Roger en
avait montré en faisant cette découverte.

Charles apparut sur le seuil de la porte ; il était
essoufflé, la sueur ruisselait de son front.

En le voyant, Laure retira vivement sa main et
devint pâle, si pâle que Roger lui reprit la main et
lui dit doucement :

— Qu'avez-vous ? vous tremblez, est-ce que je
vous ai fait peur ? J'espérais mieux que cela, car
je....

Charles regarda Roger d'une façon étrange, il n'a-
vait pas entendu ces paroles, mais son cœur jaloux
les avait devinées.

— Otez donc votre casquette, lui dit avec hauteur M. Maubel impatienté de ce regard inquisi-

teur; vous ne voyez donc pas qu'il y a du monde
dans ce magasin?

Charles le mesura d'un regard impertinent, laissa
tomber un sourire dédaigneux, fit quelques pas en
arrière et lorsqu'il fut sur le seuil de la porte il dit
à haute voix sans se découvrir:

— Mademoiselle Laure, Mme Jean a fait une chute
dans son bateau, elle veut vous voir avant de mourir. Si vous voulez arriver à temps, dépêchez-
vous.

Cela dit, il partit comme un trait.

Laure sortit en courant, rejoignit Charles et lui
prit le bras, c'était la première fois qu'elle le re-
voyait depuis la scène du cimetière.

— Mon ami lui dit-elle d'une voix suppliante,
la douleur nous rapproche encore, ne me regardez
pas avec ces yeux pleins de colère, parlez-moi de
notre pauvre amie.

— Que voulez-vous que je vous dise, répondit
Charles en cherchant à maîtriser une émotion poignante. Mme Jean est tombée et s'est grièvement blessée, voilà tout ce que je sais; le médecin vous dira le

reste, mais elle est bien mal puisqu'elle m'a dit : « Va, cours, sans cela tu arriveras trop tard. Je veux vous voir tous les deux ensemble. » Elle m'aime, elle.

— Voyons, mon ami, dit Laure en lui serrant le bras et en pressant le pas, ne m'adressez pas de reproches injustes. Vous me faites peur quand vous me parlez ; si vous saviez comme vous aviez l'air méchant lorsque vous êtes entré au magasin, vous n'avez pas même salué Mme Maubel.

— C'est que je me trouvais en face de son fils, et que je le hais. Il m'a donné une leçon de politesse, c'est ce que voulez dire, n'est-ce pas. Eh bien, patience, ajouta-t-il avec un air plein de haine, je la lui rendrai.

— Au lieu de chercher à vous faire aimer, répondit Laure à voix basse, vous ne cherchez qu'à vous faire craindre ; si vous souffrez, vous êtes la cause de votre malheur. Tout le monde ne vous connaît pas, et vos folies passent pour des méchancetés.

On était arrivé quai Valmy ; Laure monta la première, elle ne put retenir ses larmes en voyant Mme Jean étendue sur son lit ; le visage pâle, l'œil

terne, la bouche ouverte, elle respirait à grand'-
peine.

Les deux jeunes gens interrogèrent le médecin
du regard ; il secoua la tête, avança sa lèvre inférieure d'un air qui voulait dire ; Il n'y a plus à
espérer.

La maladie, la maigreur, les souffrances, nous
préparent à l'idée de la mort de ceux qui nous pré-
cèdent, mais lorsqu'on voit un pauvre être gros et
frais rendre son âme, on ne peut croire qu'une minute a suffi pour l'anéantir.

— Approche-toi, dit Mme Jean en s'adressant à
Laure, approche-toi bien près, je ne puis pas parler haut. Je vais m'en aller, vois-tu, et cela me fait
de la peine, parce que je vous quitte. Je vais laisser
douze cents francs à Charles pour qu'il s'achète un
remplaçant. C'est une mauvaise tête, il ne veut pas
servir le roi ; le roi, pourtant, c'est la France, et la
France, c'est son pays ! Mais il ne veut pas ; il se
tuerait ou ferait quelque méchant tour, il est fou, le
pauvre enfant ! Ne le perds jamais de vue, Laure, il
t'aime, il fera ce que tu voudras. S'il y avait des
émeutes, retiens-le. La république lui tourne la

tête, et quand je ne serai plus là... Toi, Laure, je te laisserai mille francs pour ta dot... Ah ! si tu voulais me croire... Enfin fais à ton goût. Charles ! Charles ! cria-t-elle, du papier, écris, écris mon enfant, le temps presse, j'étouffe, mon cœur s'inonde.

Elle dicta ses dernières volontés d'une voix si faible, que le jeune homme pouvait à peine l'entendre. Elle signa sans voir, et remit le papier au médecin.

Un flot de sang sortit de ses lèvres, sa tête tomba en avant, elle expira sans souffrance.

—Pauvre femme ! dit le docteur, elle vous attendait pour mourir !

Charles et Laure gardèrent toute la nuit leur mère adoptive sans échanger une parole ; ils pleuraient en silence.

Après les tristes devoirs rendus à leur amie, les deux jeunes gens se disposaient à se séparer, lorsque Laure demanda à Charles ce qu'il allait faire.

— Écoutez, Laure, répondit le jeune homme ; vous avez entendu ce que notre mère adoptive nous a dit. Je dois veiller sur vous comme un frère veille sur sa sœur. J'ai l'expérience de mes livres, je puis vous guider, vous conseiller.

— Tâchez de trouver de l'ouvrage de nos côtés, nous nous verrons plus souvent.

Huit jours plus tard, Charles était placé dans un magasin de la rue de Cléry. Lui qui n'aimait à plier devant personne, fut obligé de faire de la diplomatie pendant un mois au moins pour arriver à être admis aux réunions du soir, réunions qui avaient lieu dans la cuisine de Sophie. Il fit si bien, que la vieille fille le prit en grande amitié, et ne jura plus que par lui ; puis, à part l'intérêt qu'elle lui portait, elle avait son idée : si Charles épousait la jeune fille, Martin n'aurait plus besoin de se poser en protecteur, il n'aurait plus de prétexte. Malheureusement, Charles s'emportait toujours dans ses discussions, et Laure lui disait :

— Je ne serai jamais votre femme, vous avez le caractère trop violent.

— Vous avez d'autres raisons, je les connais, et tout cela finira mal ! vous verrez, Laure.

— Que lui manque-t-il à ce garçon, disait Sophie, pour que vous le repoussiez ainsi ? Si jeune et avoir le cœur si corrompu ! Vous aimeriez mieux épouser un vieux qui eût de l'argent, n'est-ce pas ? Tenez, ma petite, vous n'êtes pas digne de l'intérêt que je vous porte.

— Qu'ont-ils donc à me tourmenter ainsi ? se disait Laure ; est-ce que je ne suis pas libre de ma pensée ? Quelle drôle de chose qu'il y ait dans la vie des êtres qui veulent imposer leur volonté aux autres, faire leur bonheur malgré eux !

Les visites de Charles devenaient plus fréquentes et plus longues ; il était intolérable, il raillait sans cesse et rendait Laure malade à force de lui dire :

— Vous souffrez ! Vous n'avez pas dormi... vos yeux sont rouges... vos joues sont pâles !...

CHAPITRE XIV

Laure résolut, pour se soustraire à cette inquisi-
tion faite à sa pensée, de rester le soir dans sa
chambre, espèce de petite chapelle tendue de mous-
seline blanche et de Perse bleue ; partout des fleurs
artificielles, des tableaux représentant des sujets
religieux ; au pied d'une Vierge en plâtre se trouvait le portrait de Laurence, enlacé d'une grosse
natte de ses cheveux.

Pendant que Laure et Charles étaient allés recevoir le dernier soupir de Mme Jean, Roger était allé rendre une visite à Mme R...

Il la trouva plus jolie, plus affable que de coutume.

— Mon Dieu, lui dit-elle en le voyant entrer, qu'avez-vous donc fait à cette chère Honorine? Elle est sérieusement en colère; je ne sais, en vérité, si je dois vous serrer la main.

— Épousez-vous les querelles de vos amis? demanda Roger en baisant la main qu'on lui tendait; s'il en est ainsi, vous m'obligerez à aller faire ma paix avec Mme Bussy, afin de reconquérir votre amitié.

— Asseyez-vous donc, dit Mme R...., en lui montrant un siége près d'elle; voyons, contez-moi vos peines.

— Pour cela, il faudrait en avoir.

— Elle est capricieuse, coquette, n'est-ce pas?

— Je ne sais, en vérité.

— C'est naturel, elle est jolie.

— Que serez-vous donc? demanda Roger.

— Moi, je ne suis rien de tout cela; et pourquoi vous êtes-vous brouillés?

— Je ne viens pas ici pour vous parler de madame Bussy.

— Vous m'étonnez !

— Je viens vous voir, je vous regarde, je vous écoute et...

— Et vous attendez que je vous parle d'elle.

— Je suis heureux d'être près de vous ; ne disons rien si vous voulez.

— Je vous croyais au mieux avec elle !...

— Madame Bussy vous a donc dit quelque chose ?

— Elle m'a dit beaucoup de choses !...

— Vous a-t-elle parlé de moi ?

— Là... voyez-vous ! s'écria Jeanne en riant ; il ne veut pas en parler, mais il veut savoir. Mon Dieu ! avouez donc franchement que vous l'aimez !... on tâchera de vous faire rentrer en grâce.

— Je ne veux m'occuper que de vous, répondit Roger, en prenant une main qu'on ne retira pas.

— Que vous seriez malheureux si je vous prenais au mot !

— Je vais vous demander raison de l'injure que vous vous faites en doutant de vous-même ; la beauté, l'esprit, le mérite sont ici.

—Pensez-vous tout ce que vous dites ?

—Permettez-moi de vous en donner la preuve en venant vous le répéter le plus souvent possible. Je ne crains pas l'épreuve du temps !

— Vous finiriez par vous convaincre vous-même !

— Je suis tout convaincu ! reprit Roger d'un ton sérieux : je vous jure que rien ne me tient au cœur !

— Que vous jouez bien la comédie ! vous savez la fameuse scène du *Dépit amoureux !* je suis sûre que, si madame Bussy vous faisait un signe, vous tomberiez à ses pieds.

—Défendez-le-moi, et vous verrez !

— Oui, parce qu'elle ne vous le fera pas, ce signe !

— Qu'en savez-vous ? c'est moi qui ai quitté la place.

—Vous la saviez occupée par un gros million.

—Parole d'honneur ! je n'en savais rien. Du reste, je crois que votre million n'est encore reçu que dans l'antichambre, je lui livre le salon.

— L'antichambre, le salon, le boudoir, tout cela

10.

revient au même chez notre chère amie, répondit
Mme R..., en regardant ses ongles roses.

— Méchante! comme vous abusez de votre su-
périorité en tout!

— Voulez-vous que madame Bussy vous adore?
J'ai un moyen! Venez à mon bal! Ne la faites pas
danser, ne vous en occupez-pas, ayez l'air amoureux de moi, et malgré ses à-comptes, le millionnaire est perdu.

— Je ne la ferai pas danser, je serai sérieusement
amoureux de vous, parce que cela est déjà fait...

— Il parle comme un homme convaincu! dit
Jeanne en riant.

— Je jure sur les perles qui vous servent de dents
que je vous aime depuis le jour où je vous ai vue
pour la première fois!...

— Oh! mes pauvres dents! reprit Jeanne en portant sa main à ses lèvres; il me semble que vous
remuez toutes à la fois!... Jurez sur autre chose!

— Je ne connais rien de plus précieux et de plus
beau!

— Venez me redire cela tous les jours, répondit
Jeanne en se levant pour le reconduire.

— Ah ! ma chère Honorine, pensa Roger en s'é-
loignant, vous voulez me faire consigner chez vos
amis parce que ma présence vous gêne. Eh bien,
je vous apprendrai qu'en pareil cas, il ne faut pas
prendre de confidente. Cela me coûtera cher, mais
vous me regretterez.

Le lendemain après le dîner, Jeanne chercha l'occasion d'être seule avec madame Bussy pour lui
dire qu'elle avait vu Roger.

— Il doit être furieux, dit Honorine en souriant.

— Pas le moins du monde ! Il est charmant ; c'est
lui qui m'a envoyé ce bouquet, des fleurs parlantes,
tenez, c'est une déclaration en forme.

— Comment ! il a osé... et vous lui avez permis...

— Pour vous rendre service, chère, il n'est rien
qu'on ne fasse !

Mme Bussy voulut cacher son dépit, mais rien n'é-
chappait à Jeanne.

— Si vous y tenez, ajouta-t-elle en effeuillant une
rose, on ne le recevra pas. J'avais pris au sérieux
ce que vous m'aviez dit hier ; si vous avez changé
d'avis...

— Ce que je vous disais hier, je vous le répète aujourd'hui, toute belle ; je suis bien aise d'être délivrée des assiduités de M. Roger, il devenait mon ombre. Je déteste les indiscrets, les amis importuns ; et vous dites qu'il ne vous à pas parlé de moi? Je craignais qu'il ne m'en voulût un peu, je lui ai fait sentir si durement qu'il m'importunait.

— Il ne m'en a pas dit un mot. Savez-vous qu'il est fort bien? Je ne l'avais jamais regardé comme aujourd'hui ; il est charmant, sa conversation est vive, animée. S'il était seulement un peu comte ou marquis, toutes les femmes se disputeraient ses bonnes grâces.

— Ah! il est allé vous voir aujourd'hui, répondit Mme Bussy distraite; prenez garde, il abusera.

— Mais non, il ne m'a pas ennuyée, je lui ai permis de revenir demain.

— Ah! fit Mme Bussy en ouvrant et fermant son éventail assez fort pour le briser, alors il n'y aura plus moyen d'aller chez vous. Tous vos amis du Jockey sont donc partis? ils se formaliseraient de voir le fils d'une marchande dans votre salon.

— Oh! je n'ai pas de préjugés, j'aime les gens

d'esprit avant tout; vous viendrez me voir le matin, il ne vient jamais chez moi que de trois à cinq.

— Est-ce que vraiment vous lui trouvez de l'esprit? demanda Honorine avec une feinte indifférence.

— Il a eu celui d'être votre ami quelque temps; et vous en avez trop, chère belle, pour que je doute du sien.

— Allons, pensa Mme Bussy, elle va en raffoler.

La fin de la soirée se passa tristement. Honorine ne voulut pas chanter, elle bouda tout le monde et prétexta une migraine pour renvoyer ses convives.

Le lendemain, elle dit à son mari en déjeunant.

— Mon ami, est-ce que vous avez fait quelque chose à M. Roger? il ne vient plus nous voir, je crains qu'il ne soit malade; vous devriez passer chez lui ou lui écrire.

— Pourquoi n'envoies-tu pas toi-même, j'ai si peu de temps.

— Oh! mon Dieu, parce que cela ne me paraît pas convenable, il est votre ami avant d'être le mien. Comment avez-vous trouvé Mme R... hier? Sa coiffure lui allait mal n'est-ce pas? Elle change. Ne trouvez-vous pas qu'elle a bien vieilli depuis quelque temps? On dit beaucoup de mal d'elle, je compte la voir moins à l'avenir...

— Vous ferez bien, répondit M. Bussy, qui était toujours de l'avis de sa femme.

CHAPITRE XV

Honorine était à côté de la vérité.

Roger ne se sentait aucun penchant pour Mme R..; elle était l'instrument qui devait lui servir à venger son amour-propre blessé, tandis que Laure commençait à s'emparer de son cœur et de son esprit. Il songeait à se reposer près d'elle de cette comédie jouée sans relâche dans un monde oisif, et le jour même il dit à sa mère :

— Vous avez ici une personne charmante; sa place n'est pas dans la cuisine avec les domestiques.

Quand vous êtes seule le soir, faites-la monter près de vous, je suis sûr que vous l'aimerez, elle est sympathique.

Roger vint le lendemain ; Laure était assise à côté de Mme Maubel. La pauvre enfant pouvait à peine croire à son bonheur.

— Que puis-je faire pour vous être agréable, madame ? avait-elle dit en entrant ; voulez-vous que je vous fasse la lecture ?

— Oui, répondit machinalement Mme Maubel.

Laure lut avec âme un feuilleton charmant ; mais arrivée à un passage, sa voix trembla, Roger entrait en ce moment :

— Ne faites pas de bruit, lui dit sa mère en lui faisant un signe ; cela est intéressant.

Laure lut encore quelques lignes, mais sa voix expira dans sa gorge, ses yeux se remplirent de larmes, elle laissa tomber le journal et cacha sa figure dans ses mains.

— Vous avez bien choisi votre sujet ! dit Roger à sa mère en lui montrant le titre du feuilleton : *Les Orphelins.*

— C'est vrai, je n'y avais pas songé. Voyons mon enfant, ne vous désolez pas ainsi.

Roger resta chez sa mère jusqu'à onze heures, il y avait longtemps que cela ne lui était arrivé.

Laure lui semblait chaque jour plus aimable, plus affectueuse. Il ne doutait pas qu'elle fût une conquête facile ; il redoubla de prévenances, d'attentions, mais sans jamais lui dire un mot qui fût un semblant d'amour.

Le jour de réception de Mme R... était arrivé.

En attendant l'heure à laquelle il pouvait se présenter chez elle, Roger vint chez sa mère, certain d'y rencontrer Laure.

Il lut à haute voix une comédie de Molière ; Laure et Mme Maubel riaient de si bon cœur qu'il n'osa pas s'interrompre au second acte pour aller au bal.

— Ma foi ! pensa-t-il, je fais ici deux heureuses et mon cœur se repose. Là-bas, je vais être entre deux démons qui vont s'exercer à me faire endiabler, je suis bien là et j'y reste. Cela leur donnera beaucoup à penser sur leur puissance réciproque... Décidément, ma chère mère, je n'irai pas en soirée.

Mme Maubel regarda Roger avec un étonnement

mêlé de joie, elle n'y tint pas. Ce mot si doux : ma mère, l'avait attendrie jusqu'aux larmes.

— C'est à cette enfant, pensa-t-elle en regardant Laure, que je dois ce retour de mon fils. Il a eu peur de ses vêtements de deuil.

Elle tendit sa main à la jeune fille en lui disant :

— Vous me portez bonheur !

La soirée parut bien courte; Laure était gaie, son esprit naturel apparaissait dans les plus petites choses. Roger était tout fier d'une protégée qu'il regardait déjà comme sa conquête. Il rentra chez lui, enchanté de l'effet qu'allait produire son absence au bal de Mme R...; il ne s'était pas trompé.

En arrivant chez Mme R..., Mme Bussy le chercha des yeux.

Il est difficile de croire combien la plus petite des choses dérange l'organisation morale de la femme. Honorine ne s'amusait pas, Jeanne ne pouvait cacher son dépit.

Mme Bussy prit le bras de M. Julien Deschamps, un ami de son mari, et voulut lui donner l'air d'un amoureux; mais Julien était blond, Allemand; il était d'un caractère froid et peu causeur de sa nature; Mme Bussy fit seule les frais de la conversation. Son cavalier lui fit faire le tour du salon, la conduisit au buffet, mais tout cela avec l'impassibilité d'un homme qui s'acquitte d'un devoir envers la femme de son chef de bureau.

Il y avait foule chez Mme R...., mélange assez curieux à étudier : des étrangers en masse, des gens présentés la veille ou le jour même, des hommes qui trouvent tout charmant pour être invités une autre fois, d'autres qui critiquent les mets et les vins en mangeant le souper qu'on leur donne, des femmes qui chuchotent derrière un éventail ; plus l'éventail est beau, plus la conversation est longue : on finit trop tôt ou trop tard, les glaces ne valent rien, les bougies coulent, les parquets glissent, les tapis font de la poussière ; la maîtresse de la maison se donne généralement une peine infinie pour amuser des gens qui veulent poser pour la mélancolie et sortent en se disant :

— Dieu! que cela était fatigant! Peut-on donner des bals dans un petit appartement!

Enfin, il faudrait un volume pour peindre les désagréments des plaisirs qu'on ne paye pas.

Lorsque la foule fut un peu diminuée, Mme Bussy, qui n'avait pas quitté une minute le bras de Julien afin d'avoir une contenance, s'approcha de Mme R... en lui disant :

— Eh bien! chère! notre ami, M. Roger, a donc oublié votre jour? il me semble que je ne l'ai pas vu.

— Vous m'aviez priée de ne pas l'inviter! répondit Jeanne en souriant; vous savez bien que je fais tout ce que vous voulez. Êtes-vous jolie, ce soir? Pourquoi donc, brune comme vous l'êtes, mettez-vous du mauve et du blanc? cela, d'habitude, ne sied qu'aux blondes... mais vous êtes charmante et pouvez tout vous permettre. Je dirai demain à notre ami combien il a perdu de ne pas vous voir aujourd'hui. Comment trouvez-vous mon bal?

— Charmant! vous faites les choses à ravir.

A peine Mme R... eut-elle le dos tourné, qu'Honorine dit à M. Deschamps :

— Elle ne sait pas recevoir, pour une femme qui croit savoir parfaitement son monde. Voyez que de mouvement elle se donne! et puis sa toilette est de mauvais goût. Est-ce que l'on doit être aussi élé-

gante chez soi ? des volants d'Angleterre et des violettes de Parme ! Des violettes, passe ; mais des volants ! La trouvez-vous bien jolie ? Elle a les épaules
hautes, n'est-ce pas ? Je l'aime mieux en toilette de
ville.

— Je ne l'avais pas regardée répondit flegma-
tiquement Julien ; elle est très-jolie, l'air distingué,
bien faite et a une toilette charmante.

— Vous trouvez ? répondit Mme Bussy qui vit bien
que son cavalier n'avait pas écouté un mot de ce
qu'elle lui avait dit. Oui, au fait, sa toilette est pas-
sable mais un peu jeune. Mme R... a une fille bonne
à marier ; je vous demande un peu si cette pauvre
enfant ne devrait pas être ici, cela l'amuserait.

Honorine s'exaspéra du calme de son cavalier,
elle prit le bras de son mari et partit.

— La conduite de Roger est inqualifiable, se disait-elle, ne pas chercher à me revoir, m'éviter
même ! il a pris son parti bien vite ; me quitter
ainsi sur un simple soupçon. Mme R... joue un grand
rôle dans tout ceci.

Mme Bussy pleura de dépit en se disant : On m'a

11

calomniée, demain j'écrirai à Roger, je veux avoir une explication avec lui.

— Écrire, non, je ne le veux pas, les lettres restent.

— Ah! il y a des courses au Champ-de-Mars dimanche; dimanche! ajouta-t-elle en soupirant, il y a encore trois jours; mon Dieu! j'étais bien plus heureuse avant, pourquoi donc ai-je changé les choses! je vais devenir très-laide, je ne dors plus, je suis nerveuse, impatiente. Ah! si jamais j'ai l'occasion de jouer un mauvais tour à Mme R..., elle peut compter sur moi.

Roger, comme on le sait, avait pris bravement son parti d'une rupture qu'il avait souvent crue impossible.

L'homme est tellement égoïste parfois qu'il commet à son insu de petites infamies; Roger faisait tout ce qu'il pouvait pour empêcher Laure de se marier. Il se moquait du pauvre Charles, le ridiculisait impitoyablement, quand Laure le défendait avec feu.

— Vous ne connaissez pas son cœur, disait-elle; je n'oublierai jamais ce qu'il a fait pour moi le jour

où le bon Dieu a rappelé ma mère à lui, je donnerais ma vie pour sauver la sienne. Il n'a qu'un
défaut, ajoutait-elle en secouant tristement la tête,
c'est de croire aux choses impossibles, il est fou !

— Ah ! oui, reprenait Roger sentencieusement :
Liberté, égalité, fraternité.

Laure baissait la tête et ne répondait plus ; elle
était loin de rire des idées de son pauvre ami, car
il semblait souffrir réellement. Elle frémissait de
crainte lorsqu'elle l'entendait parler politique.

Le hasard ou la destinée avait encore mis Charles
en présence avec un homme qui n'était pas fait
pour donner de la modération à ses idées.

Son nouveau patron s'appelait Guibour, c'était
un républicain fanatique ; il s'éprit du caractère de
Charles et lui confia ses secrets sans réserve. Il
alla même jusqu'à lui promettre de lui acheter un
homme s'il tombait au sort, car le neveu de
Mme Jean avait attaqué le testament de sa tante et
Charles s'était trouvé dépossédé avant d'avoir hé-
rité ; mais il eut un bon numéro, ce qui lui per-
mit de croire de bonne foi à la générosité de son
patron.

CHAPITRE XVI

Charles avait l'esprit ardent, la parole facile, éloquente; il avait converti à ses idées Mlle Sophie.

— Quoi! lui disait-il, vous avez passé votre vie dans une cuisine à éplucher des oignons qui vous faisaient pleurer, parce qu'il plaisait à un maître, un homme de chair et d'os comme vous, d'en manger. Vous couchez dans une mansarde, pendant que la maison a un premier; est-ce que vous trouvez cela juste?

— Non, disait Sophie en se redressant, non; il

me semble que je n'aurais pas été déplacée dans un comptoir. Vous avez raison, la destinée est injuste.

La cuisine de Mme Maubel était en pleine insur-rection.

— Ah ! bah ! disait Martin, ce que le bon Dieu a fait est bien fait. Est-ce que j'aurais jamais pu être un Lamartine ou un Dumas ? La destinée de l'homme est écrite là-haut, comme l'acte de naissance est inscrit à la mairie.

— Et qui vous a dit, répondait Charles avec feu, que vous n'auriez pas fait un poëte ou un grand homme ? Votre intelligence a été comprimée ; vous avez été obligé de faire un travail mécanique pour manger ; la fatigue des bras absorbe l'esprit. Tenez, moi, je ne suis en extase devant personne ! Il me semble que je pourrais être premier ministre, si je n'avais qu'à m'occuper des affaires de l'État. Les gens de cœur se trouvent partout, et souvent où on ne les cherche pas. Quand on regarde de loin ceux qui dominent, on commence par se demander ce qu'ils ont fait pour commander. Qu'est-ce qu'il a fait, votre M. Roger, pour qu'on l'honore et le salue quand il passe ?

Il était facile de voir que Charles, au milieu de tous ces beaux discours, n'avait qu'une idée fixe : dire du mal de celui qu'il détestait, parce qu'il en était jaloux ; il commençait par une généralité pour arriver à un nom propre.

— Pas de personnalités ! disait le père Martin ; nous sommes chez lui, et, parbleu ! ce qu'il a fait ? Il est le fils de sa mère, notre patron, et nous devons le respecter.

— Eh bien ! je veux être mon fils à moi ! répondait Charles en fixant son regard ardent sur la terre.

— Tâche d'avoir une meilleure tête que ton père, alors !

— Patience ! vous verrez que je ne suis pas si fou qu'on le croit ici. Ne sentez-vous pas que l'atmosphère devient lourde ? les grands prennent trop d'air et d'espace dans cette vie où tout doit être en commun.

— C'est l'opinion de tous ceux qui n'ont rien !

— Le peuple étouffe, il finira par respirer à son tour, il veut la liberté.

— Il me semble qu'il a le droit de se promener

dans les rues, ton peuple; le soleil luit pour tout le monde.

— Vous vous inclinez devant le despotisme du maître. Vous voudrez arrêter le torrent humain; vous serez débordé, écrasé sur sa route.

— Sois tranquille! s'ils ne rencontrent que moi en fait d'obstacle, ils iront loin! Tes libérateurs du monde ont une si drôle de mine...

— La misère fait la haine; l'ignorance, la cruauté; et que voulez-vous dire à l'homme qui se venge d'avoir été humilié vingt ans par le luxe exagéré de vos patrons? Si vous lui parlez de la destinée, il vous demandera pourquoi il y a de l'or sur vos plafonds quand il n'y a pas de pain dans son armoire.

Martin ne put s'empêcher de rire en disant :

— Allons, petit, voilà encore la folle du logis qui fait des siennes dans ta cervelle. D'abord, je n'ai pas d'or sur mon plafond, je n'ai même plus de papier sur les murs de mon cabinet. Que diable! de quoi te plains-tu donc? tu as de l'ouvrage; je connais tant de malheureux qui n'en ont pas !

— Croyez-vous qu'il soit juste que l'un reste courbé douze heures sur la terre, pendant que vous

vous promenez? Le malheureux ne sait pas raisonner; comme il n'est pas philosophe, il vous envie et attend avec impatience le jour où il pourra vous faire bêcher la terre et se promener à votre place!

— Ah çà, tu tiens à me prouver que je suis millionnaire. Eh bien! si j'étais riche, je commencerais par te faire entrer dans une maison de santé. Heureusement que tes prédictions et rien c'est la même chose.

— Peut-être! répondit Charles avec mystère; nous nous sommes réunis hier dans les carrières de Montmartre; les esprits sont échauffés, il faudrait bien peu de chose pour mettre le feu aux poudres. La révolution morale est faite ; c'est la plus grande des révolutions! Lisez *les Girondins* par Lamartine, et si nous marchons, vous marcherez avec nous.

— Pas pour un empire! répondit le vieux caissier effrayé; je vous en prie, ne parlez plus de tout cela ici; si M. Roger nous entendait, il nous renverrait.

— Eh bien! dit Charles, vous seriez son maître, vous le prendriez à votre service.

— Il a tout à fait perdu l'esprit, dit Martin à Sophie lorsqu'ils furent seuls.

— Pas déjà tant ! répondit la vieille fille ; il a un fond de chagrin, il aime une ingrate qui ne veut pas le comprendre, il y a des cœurs si froids !

Martin comprit bien, mais il fit le sourd et muet, comme cela arrivait toujours en pareille circonstance.

— Puis il cause à merveille, reprit Sophie avec emphase ; s'il arrivait quelque chose, on ne serait pas fâché de l'avoir pour ami.

— C'est un cerveau brûlé, disait le bonhomme ; s'il était maître, je suis sûr qu'il serait plus difficile à servir que madame. J'en ai vu, moi, des parvenus ; quand ils arrivent aux honneurs, ils en veulent plus que les autres. D'ailleurs, je ne suis pas républicain, moi ; et vous, mademoiselle Sophie ?

— Oh ! moi, je ne sais pas, ce petit parle si bien ! et puis le bon Dieu a dit que tous les hommes étaient frères.

Pendant qu'on discutait ainsi le bonheur de la France dans la cuisine de Mme Maubel, on traitait une grande question au premier.

Roger venait de proposer à sa mère de la con-

12

duire voir les courses au Champ-de-Mars ; elle avait
accepté avec empressement.

—Voulez-vous emmener Laure ? lui dit-il si simplement qu'elle ne comprit pas que c'était Laure
surtout qu'il voulait emmener.

— Certainement, répondit Mme Maubel.

A deux heures, une calèche de louage était à la
porte du magasin. Roger se plaça sur le devant et
put regarder Laure tout à son aise. Elle était ravissante avec son chapeau de tulle noir, ses yeux
bleus, sa bouche rose et ses dents blanches.

Mme Maubel venait de remarquer pour la première fois combien la protégée de son fils était
jolie ! Une idée traversa sa pensée, comme l'éclair
traverse la nue... Cette idée la fit sourire, pâlir ;
elle l'adopta, la repoussa et la rappela à son aide
comme une chose inespérée qui promet le salut.

Tout amour rend despote, injuste, et quelquefois
fait considérer comme choses possibles des actions
qui devraient être blâmées , condamnées , parce
qu'elles sont odieuses tout en échappant aux peines
prévues par la loi.

Mme Maubel n'avait qu'un désir, qu'une ambi-

tion, ressaisir la tendresse de son fils! Tout lui
semblait possible pour l'enlever à une femme qui
l'absorbait tout entier. Laure devait être un instrument passif qu'on ferait agir tant qu'on en aurait
besoin. Elle combla la pauvre enfant de compliments, de caresses, ne manquant pas une occasion
de faire ressortir les traits de son esprit.

Laure croyait rêver !... elle n'osait pas respirer,
dans la crainte de faire envoler son beau rêve !...
elle regardait tout avec extase.

Elle n'avait jamais vu ces fêtes publiques où se
réunissent en grand nombre ces élégantes qui donnent chaque dimanche à dévorer aux rayons du
soleil, des plumes, des fleurs et des robes de soie
admirables.

Roger était vraiment heureux de voir la stupé-
faction de celle pour qui tout était nouveau. Il lui
expliquait chaque chose, et nommait par leurs
noms presque toutes les personnes qui arrivaient.

— Trouvez-vous cela joli? demanda Roger.

— Je ne sais pas encore, répondit Laure en pâlissant, je suis éblouie...

Roger regarda ; il vit Mme R... et Mme Bussy dans une voiture basse, il les salua.

Les deux élégantes lui adressèrent un petit sourire protecteur et disparurent dans la foule.

Roger comprit pourquoi la physionomie de la jeune fille avait changé d'expression; elle semblait anéantie. Elle regardait sans voir, écoutait sans entendre. Il lui prit la main, cette main était glacée; elle la retira vivement et le regarda avec étonnement. Ce regard était plein de dignité ; il exprimait un reproche. Roger le comprit et descendit de voiture sous prétexte de se promener un peu, mais en réalité, il voulait se soustraire à une scène qui, pour être muette, ne manquait pas d'éloquence. Il passa près de la voiture de Mme R... et lui fit des compliments. Mme Bussy avait l'air fort enjoué ; elle riait, mais ce rire n'était pas naturel.

— Quelle est cette dame? demanda Jeanne à Roger, en lorgnant Laure d'une façon impertinente.

— Cette dame est une demoiselle. N'est-ce pas qu'elle est jolie ?

— Son aspect est lugubre, je la prenais pour une veuve !

— A dix-sept ans, répondit Roger en riant, il faudrait avoir du malheur !

— Je comprends pourquoi vous me négligez, interrompit Mme R..., cette petite est charmante. Il faut vous marier, vous nous la présenterez.

— Oh ! que non, pensa Roger en s'inclinant ; si jamais je prends femme, elle vous verra de loin.

Jeanne ne tenait pas absolument à ce que Roger fût amoureux d'elle, elle tenait seulement à contrarier sa chère amie Honorine. Celle-ci l'avait deviné, elle n'osa pas adresser un mot à Roger. Dans la crainte d'en trop dire, il s'éloigna, après l'avoir saluée aussi froidement que s'il la voyait pour la première fois. Elle fit un mouvement qui n'échappa pas à Jeanne.

— Il est charmant, dit-elle en appuyant sur chaque syllabe ; pourquoi donc le disiez-vous importun ? Je ne connais personne de plus discret. Cette petite est jolie, ajouta-t-elle en lorgnant Laure ; voyez donc, ses yeux ressemblent à des saphirs.

Au moment où Roger quittait la voiture de sa
mère, Charles et M. Guibour arrivaient dans l'en-
ceinte réservée aux gens à pied; Laure le vit, elle
se sentit rougir. Charles s'approcha ; mais au lieu
de la saluer, il suivit Roger du regard et se mit à
rire. Elle comprit sa pensée, son cœur se serra à se
briser, il lui sembla qu'elle subissait un affront ;
elle eut un éclair de jalousie si poignante, qu'un
moment elle comprit toutes ces haines dont Charles
lui avait parlé si souvent. Enfin, Charles souleva
son chapeau en passant de nouveau devant elle et
rentra dans la foule sans lui dire un mot, seulement, il ne put lui cacher son trouble.

— Il souffre autant que moi, pensa-t-elle. Ah! je
le plains !

En effet, le pauvre garçon mourait à la peine ; il
était jaloux de Roger, mais il souffrait sans se plaindre, la faiblesse du cœur lui semblait une lâcheté.
S'il avait pu combattre, risquer sa vie, il aurait lutté
comme un lion; mais prier ou pleurer lui paraissait
indigne de lui.

Les courses étaient finies, les voitures dispersées
depuis longtemps.

Laure ne pouvait oublier le regard que lui avait
lancé Mme Bussy ; ce regard l'avait éveillée, tous
ses rêves venaient de s'évanouir.

Lorsqu'en arrivant, Mme Maubel demanda à Roger
s'il voulait dîner avec elle, et qu'il répondit : Non,
je suis engagé... Laure crut deviner qu'il allait
chez Mme Bussy, cette femme qu'il avait aimée,
qu'il aimait encore !...

Elle se sauva pour ne pas pleurer devant celui
qui la torturait sans le savoir.

CHAPITRE XVII

Roger habitait un tout petit appartement à l'entre-sol, rue de Provence. Son salon était tendu en étoffe algérienne, sa chambre en perse de laine fond vert semé de rose. Les meubles de sa salle à manger étaient en chêne blanc recouverts de maroquin grenat. Tout cela était simplement arrangé mais de bon goût.

En rentrant chez lui, Roger pensa aux événements de la journée. La vue de Mme Bussy ne l'avait pas ému. J'ai été trop froid avec elle, se disait-

il; je l'ai traitée comme une grisette, je l'ai même
plaisantée, je n'en avais pas le droit. Voilà une
femme qui me haïra toute sa vie. C'est égal, elle
doit être intriguée, Laure est jolie. Quel dommage
que ce soit une honnête fille !

Tout en faisant sa toilette, il en était là de ses
réflexions, lorsqu' on sonna à sa porte, d'abord si
timidement, qu'il crut s'être trompé, puis si fort,
qu'il fit un bond. En ouvrant la porte, Roger ne
put retenir un : Tiens, c'est vous ! qui consterna
Mme Bussy, car c'était elle, c'était bien la même
femme qu'il venait de voir aux courses, mais sa
toilette était en désordre, son blanc était tombé, le
noir qu'elle se mettait aux sourcils et autour des
yeux s'était étendu et lui donnait l'air hagard.

Roger comprit l'avantage qu'il avait sur elle en
ce moment; d'abord, il ne la trouva plus si jolie.
Il la regarda sans lui tendre la main.

— Vous sortez ? dit enfin Honorine après un
effort.

— Oui, répondit Roger, qui eut l'impolitesse de
mettre son chapeau sur sa tête, je vais dîner aux
Champs-Élysées avec des amis.

— Ils vous attendront. Je veux avoir une explication avec vous, votre conduite à mon égard est
inqualifiable ; j'ai le droit de vous demander des
comptes.

— C'est un droit que je croyais avoir aussi, répondit Roger en mettant son chapeau sur le guéri-
don, mais vous m'avez joliment fait rabattre de mes
prétentions.

— Ne raillez pas, tous les torts sont de votre
côté. Quand une femme fait une faute, c'est celui
même pour qui elle l'a faite qui lui adresse des
reproches. Vous cherchiez un prétexte pour m'a-
bandonner.

— C'est vous qui le dites.

— Tout le monde s'étonne de votre froideur, de
votre éloignement subit. Mon mari lui-même ne
comprend rien à cette retraite. J'ai voulu détourner les soupçons en recevant quelques hommages
banals , vous rendre jaloux peut-être, parce que
je sentais que vous ne m'aimiez plus autant. Était-
ce une raison pour m'humilier en allant dire à la
femme que je hais le plus au monde que vous
l'aimiez ?

— Elle vous a dit cela ?

— Oui !...

— Voilà comment on écrit l'histoire! répondit Roger sentencieusement. Après? fit-il en cassant avec ses dents le bout d'un cigare.

— Voyons, reprit Honorine d'une voix émue, ne me regardez pas ainsi, le sourire aux lèvres. Je serai franche, et puisque j'ai eu tort, je reviens en coupable repentante; j'ai été coquette, j'ai voulu faire comme Mme R..., avoir un sourire pour chacun, jouer l'indifférence avec vous; j'ai eu tort, j'ai souffert, j'ai été punie; je vous aime et je reviens, ajouta-t-elle en lui tendant la main. Roger hésita.

— Vous revenez, dit-il après une pause, parce que vous croyez que j'en aime une autre, parce que je ne vous ai pas menacée de me brûler la cervelle. Ce n'est pas l'amour qui vous amène ici, c'est votre orgueil froissé. Il faut que Mme R... me revoie à vos pieds, qui sait? Vous voulez peut-être tenir une gageure. Si je vous faisais perdre, Honorine, si j'en aimais une autre?

— Ah! Roger, murmura Mme Bussy en cachant

sa figure dans ses mains, qui donc vous a ainsi
gâté l'esprit pour que vous doutiez de mon cœur
et vouliez me forcer à douter du vôtre? Je suis lé-
gère, frivole, je puis vous avoir affligé, mais je
vous aimais, n'en doutez pas. Je suis là, je vous
prie et vous parlez d'orgueil; vous voyez bien que
je n'en ai pas, je pleure.

— C'est plus que je ne vous demande, répondit
Roger en lui baisant les mains et en cédant malgré
lui à ce mouvement d'amour-propre dont les
hommes ne se défendent qu'en paroles.

D'ailleurs, peu importe les yeux qui les répan-
dent, les larmes ont un charme, une force irrésistible
pour ces natures qui se croient fortes parce qu'elles
dominent les événements matériels de la vie.

L'homme qui voit pleurer une femme se croit roi
au moment où il devient esclave. Il s'accuse, promet, s'excuse sans se rendre compte des engagements qu'il prend et qu'on lui rappellera sans mi-
séricorde quand l'échéance sera venue!

Roger passa entre deux baisers un nouveau bail
avec sa maîtresse sans apporter la moindre attention aux conditions exhorbitantes qu'elle lui impo-

sait : d'abord, il ne reverrait jamais Jeanne R..., il
n'irait chez Mme Maubel que très-rarement, elle
pouvait bien d'ailleurs venir chez lui.

— Roger promit tout ce qu'on voulut en disant :

— Je vous aime encore, ne me blessez pas à l'a-
venir, j'ai aussi mon amour-propre.

De son côté, Mme Bussy lui jura tout ce qu'il voulut ; en effet, elle ne joua plus à la Bourse, mais elle
devint d'une exigeance intolérable. Elle était jalouse
de Laure, elle avait beau railler, persifler. Elle sentait en elle une rivale dangereuse, car Roger en parlait souvent ; c'était l'aiguillon avec lequel il faisait
marcher droit sa maîtresse.

Laure devina tout ; à défaut de l'expérience des
choses, elle avait ces lumières du cœur qui éclai-
rent les coins les plus sombres des événements de
la vie.

Roger ne venait plus au magasin, on évitait avec
soin d'en parler ! D'ailleurs, qu'aurait-on dit ? On
était habitué à ses marques d'indifférence. On soupirait quelquefois en pensant à lui, mais chacun
gardait ses réflexions pour soi.

CHAPITRE XVIII

Un mois à peine s'était écoulé depuis le jour des courses, et Laure était méconnaissable ! ses paupières étaient rougies par les nuits d'insomnie ! Elle éprouvait au cœur une pression qui la faisait horriblement souffrir ; ses bras étaient brisés, ses doigts refusaient de travailler, elle se sentait à bout de forces.

De son côté, Mme Maubel était redevenue soucieuse ; elle avait cru un moment avoir repris son empire sur son fils, il lui échappait encore !.. Si elle ne trouvait un moyen de le ramener à des idées d'ordre, à de meilleurs sentiments, c'était une ruine certaine.

Les gens qui aiment ceux que nous aimons nous deviennent chers malgré nous. Elle s'intéressait aux peines de Laure, et un moment, elle eut envie de travailler à la guérir d'une passion qu'elle avait encouragée, espérant l'utiliser au profit de ses projets ; elle tâcha de faire comprendre à la jeune fille qu'il fallait être moins rêveuse et ne songer qu'aux choses possibles.

— Mon fils a le cœur mal placé, lui disait-elle ; je suis sa mère, eh bien, je ne puis avoir aucune illusion sur son compte. Je vais l'abandonner à ses folies, je ne lui donnerai plus d'argent ; oh ! je l'obligerai bien à se souvenir de moi ! il me traite comme il traiterait un banquier.

— Madame, disait Laure d'une voix suppliante, pardonnez-le !

Mme Maubel secouait la tête en disant :

— Il faut vous marier, mon enfant, et surtout, il faut oublier.

Cela est facile à dire aux indifférents, mais les

amoureux souffrent encore plus à l'idée de ne plus souffrir.

Mme Maubel insista sur l'idée du mariage ; Sophie et Martin se mirent de la partie.

— Allons, pensa Mme Maubel, il faut guérir le mal par le mal ; il faut qu'elle perde tout espoir, elle mourrait à la peine !

Les objets commandés par Mme Bussy étaient prêts. Ce fut Laure qu'elle chargea d'aller livrer cette commande.

La jeune fille se fit répéter cet ordre trois fois en reculant à chaque affirmation nouvelle.

— Moi... moi !... répétait-elle avec effroi ; moi !...

Une pâleur mortelle succéda sur ses joues aux nuances de pourpre qui les avaient couvertes un instant. Elle n'osa répondre un mot, faire une objection, mais les battements de son cœur lui disaient qu'il lui serait impossible d'accomplir ce que l'on exigeait d'elle.

— On vous portera ce paquet, dit Mme Maubel en achevant de compter la commande d'Honorine. Je vous choisis pour cette corvée, Laure, parce que vous exécuterez mes ordres en tous points et sans

la moindre infraction. Martin va vous faire une facture que vous donnerez; cette dame est toujours chez elle à quatre heures. Si l'on vous disait de
revenir, vous feriez remporter ces broderies ; si
l'on vous faisait dire : j'enverrai, vous les rapporte-
riez également; enfin, la marchandise contre l'argent.

— Il y a 750 francs à recevoir, dit Martin en se
frottant les mains ; pas un sou de moins, au comp-
tant, et sans escompte. Madame va donc se mon-
trer une fois, à la fin! Faites attention, dit-il
bas à Laure, vous avez affaire à une intrigante,
ne vous laissez pas prendre aux phrases si vous
la voyez.

C'était presque un service qu'on demandait à
Laure ; elle prit la facture, son châle, son chapeau,
et partit suivie du garçon de magasin. Inutile de
chercher à décrire les émotions poignantes et diverses qu'elle éprouva, elle croyait voir les maisons
tourner autour d'elle, les passants la regarder, le
ciel s'abaisser et le soleil rire. Arrivée cité Bergère, elle s'appuya à la grille, presque décidée à ne
pas aller plus loin. Elle resta longtemps sous cette

13.

grande porte où elle devait assister, quelques jours plus tard, à la représentation d'un drame sanglant. Le garçon s'était arrêté à une distance respectueuse; il attendait qu'elle prît un parti. Elle le vit et entra courageusement dans la maison habitée par Hono-rine Bussy.

Elle eut encore envie de retourner sur ses pas; mais l'homme au paquet était là, immobile comme une statue. Laure sonna; on la fit entrer dans la salle à manger. Il y avait sur la table un chapeau et une canne qu'on ôta pour mettre la lingerie. Laure eut le pressentiment que ce chapeau appartenait à Roger; elle s'appuya à l'angle d'un petit meuble en chêne qui se trouvait à sa droite, et ce fut d'une main tremblante comme une feuille agitée par un grand vent, qu'elle présenta la facture.

— Déchirez l'acquit, dit en souriant la femme de chambre; madame a du monde, on passera.

— Je vous prie de remettre ceci, répondit Laure d'une voix faible.

— C'est inutile; enfin, je vais voir.

Lorsqu'elle fut seule, Laure eut envie de se sauver ; mais son porteur était toujours là, droit comme un piquet.

— Je vous l'avais bien dit, fit en entrant la domestique, on passera.

— Refaites ce paquet, dit Laure en s'adressant au garçon de magasin.

Il s'approcha de la table.

— Comment ! fit en l'arrêtant la femme de chambre, vous allez remporter ?...

— Oui, mademoiselle, répondit Laure qui avait repris un peu d'aplomb ; ce sont les ordres de madame.

— Comment ! la mère Maubel vous a dit...

— De rapporter l'argent ou les marchandises, interrompit sèchement Laure à qui ce ton familier déplaisait.

— Attendez un peu, dit en souriant la domestique, je vais aller dire cela...

Laure s'était tout à fait remise et elle était prête à faire face aux événements, lorsque Mᵐᵉ Bussy apparut. Elle portait un peignoir blanc, brodé, bouillonné, gaufré, qui laissait voir sa poitrine et ses bras ; ses cheveux étaient ondés et arrangés en

bandeaux ébouriffés retombant d'une façon volumi-
neuse sur son cou. Ainsi déshabillée, elle faisait
beaucoup d'effet, et Laure poussa un soupir qu'elle
eut grand'peine à étouffer. Honorine, en reconnaissant la jeune fille, se mordit les lèvres, ses sourcils
se froncèrent.

Après avoir joué une seconde avec le ruban de sa
ceinture, elle regarda Laure en clignant des yeux
comme font les gens myopes ou impertinents.

— Vous êtes ouvrière chez Mme Maubel?

— Oui, madame.

— Dites-lui que j'ai besoin d'examiner tout ceci,
et que j'enverrai payer cette facture.

— Si madame veut examiner de suite, cela lui
évitera la peine...

— Mademoiselle, je ne suis pas habituée aux réflexions de la part de mes fournisseurs. Allez! j'enverrai.

— Je suis obligée, madame, de faire ce que l'on
m'a dit. Pierre, refaites ce paquet.

Le garçon de courses s'approcha.

— Que signifie ceci? demanda Mme Bussy qui était
devenue rouge de colère ; jamais chose pareille ne

m'est arrivée. Prenez garde, mademoiselle! vous devez mal exécuter les ordres que l'on vous a donnés, et je me plaindrai. D'ailleurs, ajouta-t-elle en cachant mal son dépit, vous devez me connaître de nom au moins, M. Roger est l'ami de mon mari.

Elle avait appuyé sur ces derniers mots d'une façon cruelle; mais Laure répondit sans se troubler :

— Je sais cela, madame.

— Tout ceci est inqualifiable! s'écria Mme Bussy en courant ouvrir une porte. Roger! appela-t-elle deux fois, venez un peu vous expliquer avec les domestiques de votre mère, car ils me parlent hébreu.

Roger arriva, son cigare à la bouche; mais à la vue de Laure il le posa sur un meuble et dit d'une voix qui trahissait son émotion :

— Tiens! c'est vous, Laure? comment se fait-il?...

Mme Bussy lui expliqua en deux mots ce dont il s'agissait.

— Laissez cela, dit-il en désignant le paquet; je porterai moi-même...

— Mon Dieu! monsieur, répondit Laure, je suis

désolée de vous refuser, mais madame doit savoir
que les domestiques doivent obéir passivement. J'ai
des instructions à suivre et je les suis,

— Le mot *domestique* vous a blessée, mademoiselle, interrompit brusquement Honorine; je le re-
tire. Remportez vos marchandises, mon mari...

— Je ne le souffrirai pas, répondit Roger.

— Mme Maubel ne savait pas que je vous rencon-
trerais ici, répondit Laure, et je ne puis accepter
votre...

— Je vais avec vous, répondit Roger en prenant
son chapeau; je veux savoir... il doit y avoir un
malentendu que je veux éclaircir. Venez, mademoiselle. Je dîne ici, c'est convenu! dit-il en s'adressant
à Honorine.

Laure sortit après avoir salué froidement Mme Bussy,
qui ne lui rendit pas son salut.

— Que s'est-il donc passé? demanda Roger en
s'arrêtant dans l'escalier; ma mère est furieuse,
n'est-ce pas?...

Laure ne répondit rien.

— Vous me boudez aussi, vous? Bien! il ne me

manquait plus que cela! Vous paraissez souffrir ;
voulez-vous prendre mon bras ?

— Non, répondit Laure qui cherchait à cacher son
trouble, non...

— Vous avez peur de moi? vous me détestez,
n'est-ce pas ?

— Pour quelle raison ?...

— Parce que je vous aime !...

— Monsieur Roger !...

— Je dis vrai !... Je m'étourdis depuis un mois.

— Laissons de côté toutes ces plaisanteries. Vous
désolez votre mère ! c'est elle que vous devriez aimer, et surtout...

— Quand je vais chez elle, je vous vois, et
alors...

— Si je savais cela, je partirais de suite.

— Vous en seriez bien capable! Ma mère est mal
disposée, elle va me gronder, me dire mille choses
plus désagréables les unes que les autres...

— Vous les méritez ; vous l'abandonnez! il y a
plus d'un mois que vous n'êtes venu !

— Vous vous en êtes aperçue? Oh! si vous le
vouliez, j'irais tous les jours, toutes les heures!...

— Si cela dépendait de moi, vous ne quitteriez pas votre mère ; elle souffre trop de votre absence.

— Et vous, Laure ?...

La jeune fille baissa les yeux, devint rouge et pressa le pas. On était arrivé ; elle entra dans le magasin et respira comme si elle venait d'échapper pour la seconde fois à un grand danger. Roger échangea quelques mots avec sa mère, puis ils montèrent au premier et causèrent longuement.

Au grand étonnement de Laure, Roger resta à dîner avec Mme Maubel ; pourtant il avait promis à Mme Bussy d'y retourner le soir même. Les joies viennent de peu quand on aime. Laure recommençait à vivre... à espérer !... Roger vint s'asseoir près d'elle et lui dit à demi-voix :

— Demain, je viendrai chercher ma mère pour la conduire aux courses, comme il y a un mois ; vous viendrez avec nous, n'est-ce pas, Laure ? Il y a longtemps que je n'ai passé quelques heures près de vous, les affaires m'ont absorbé, mais cela ne m'arrivera plus. Souriez-moi donc comme par le passé! Pourquoi cette tristesse?... Je n'ai pas cessé de penser à vous!...

— Je ne suis pas triste, répondit Laure en dévorant une larme; j'ai été malade.

Roger lui serra la main et sortit en se disant qu'il trouverait bien un moyen pour rompre avec Mme Bussy.

CHAPITRE XIX

À peine Roger avait-il fermé la porte du magasin que Martin entra ; il était pâle, son regard mal assuré laissait deviner une poignante émotion. Il regarda Mme Maubel à la dérobée, ses lèvres remuèrent comme s'il murmurait un reproche, puis il regarda Laure, et ce regard semblait dire :

— Pauvre fille ! tu souris ! tu es heureuse ! mais il va falloir changer ton sourire en larmes !

Il parut cependant hésiter un peu, puis se remettant et cédant au mouvement qu'inspire une conscience honnête, il s'approcha de Laure et dit en lui prenant la main :

— Mon enfant, vous courez ici un danger ; méfiez-vous de tout le monde, et surtout méfiez-vous de vous-même ! Je ne me rends pas un compte bien exact des sentiments qu'un père peut éprouver pour ses enfants, mais ils doivent ressembler beaucoup à celui que j'ai pour vous ! Ayez donc confiance en moi, Laure ! ne me demandez pas les raisons qui m'obligent à vous conseiller de quitter cette maison, je ne pourrais vous les dire ; pourtant, il faut qu'elles soient bien graves !...

— J'ai confiance en vous, répondit Laure ; je vous aime comme j'aurais aimé mon père ; mais je ne comprends rien aux paroles que vous venez de me dire ! je ne prévois aucun danger ; mes pressentiments ne m'annoncent aucun malheur ! d'ailleurs, Mme Maubel...

Martin se troubla ; il se livrait un grand combat à lui-même ; mais il se tut.

— Il faut que je voie Charles à l'instant, se dit-il ; lui seul peut la sauver ?

Il prit son chapeau et sortit sans ajouter un mot.

Laure le regarda s'éloigner, elle le crut fou; en un pareil moment, tout raisonnement juste devait lui paraître insensé. Elle aimait, et après une longue souffrance, elle se croyait aimée! Elle était si heureuse de vivre! la nature semblait lui sourire... Elle eût donné sa place dans le ciel pour ne pas perdre une de ses illusions qu'on voulait absolument lui arracher!...

Loin de se méfier d'elle-même, elle s'abandonna tout entière à ses douces visions de l'amour!

Pendant qu'entraînée par son cœur, elle se donnait ainsi corps et âme, Roger cherchait querelle à Mme Bussy; mais cela n'était pas facile; elle était dans un de ses jours de bonhomie, elle souriait à tout avec un calme effrayant pour un querelleur; cependant il ne se découragea pas et fit si bien qu'elle s'écria hors d'elle-même:

— Votre mère... votre mère m'a fait un affront que vous auriez dû m'éviter! Et puis, vous faites la cour à cette petite en deuil. Qui sait si elle n'est pas votre maîtresse?

Roger ne répondit rien; Honorine prit cela pour un aveu, elle entra en fureur.

— Si vous ne m'accompagnez pas aujourd'hui, reprit-elle avec autorité, je vous défends de revenir chez moi.

— Vous êtes venue me rechercher pour avoir le plaisir de me renvoyer une seconde fois, répondit Roger avec calme ; à votre aise, j'ai bon caractère, et je m'en vais.

A peine eut-il fait cent pas dans la rue que la domestique de Mᵐᵉ Bussy courut après lui.

— Revenez, monsieur, lui cria la servante, madame le veut.

— Impossible, maintenant ; j'ai un rendez-vous d'affaires, je ne rentre pas.

— Revenez, monsieur, madame va avoir ses nerfs!...

— Cela m'est parfaitement égal.

— Entre nous, m'est avis que vous faites joliment bien de ne pas vous laisser mener par elle, dit en se retournant la servante, cela venge les autres.

Mᵐᵉ Bussy fut en proie à un véritable accès de rage.

— Il va me bouder quinze jours, se disait-elle en se promenant à grands pas ; il a un caractère im-

possible!... Je me mets à la torture pour lui plaire :
plus j'en fais, moins il m'aime! je voudrais le retenir, il me fuit. Pourquoi ne ferais-je pas comme
lui? Si M. Regnard n'a pas excité sa jalousie, il y en
a d'autres, je n'aurai que l'embarras du choix... Les
larmes nous vont mal, les plaintes nous rendent fa-
tigantes! Quand on est femme, il faut commander;
malheur à celle qui descend à la prière. Allons, il
faut lutter, et je lutterai!

Chez les coquettes, l'amour ressemble à l'Océan :
tantôt calme, tantôt agité, il a besoin d'un pilote qui
lui fasse éviter les écueils. S'il est mal conduit, il se
brise; le récif, c'est l'inconstance. Honorine sentait
bien que son amour allait faire naufrage, mais elle
ne voulait pas s'avouer vaincue.

M. Deschamps, qui avait dîné chez Mme Bussy,
vint en ce moment remettre sa carte à la domestique : c'était une simple visite de digestion.

— Voilà ma vengeance! pensa Honorine; il faut
qu'il m'accompagne aux courses.

Elle se souvint de la réserve, des distractions
même de celui qu'elle voulait atteler à son char.

— Que m'importe! se dit-elle en souriant; il faut

qu'il me suive partout, ne fût-ce qu'en qualité d'ombre! Et puis, tous les hommes sont d'un bois avec lequel on fait des amoureux, et je parviendrai bien à faire quelque chose de celui-là.

Elle jeta un coup d'œil dans la glace pour s'assurer que sa beauté n'allait pas lui faire défaut en cette grave circonstance, et l'on fit entrer M. Deschamps, qui accepta sans trop de cérémonie une invitation à dîner pour le jour même,

Pendant qu'il se mettait à table assis à la droite de Mme Bussy qui le comblait en paroles et en actions, Charles arrivait chez Mme Maubel, traversait la cour et entrait dans la cuisine où trônait Sophie.

— Où est Laure? demanda-t-il brusquement.

— Bonjour monsieur, lui répondit aigrement la vieille fille; votre santé est bonne?

Charles comprit la leçon qu'on lui donnait.

— Je vous voyais si fraîche, dit-il en ôtant sa casquette, que j'étais fixé sur l'état de votre santé.

— Vous savez si bien tourner vos phrases qu'on vous pardonne toujours. Elle vous fera tourner la tête, votre Laure, et vous en serez pour vos frais...

— Où est-elle?

— Elle ne vient presque plus près de moi depuis que madame l'a prise en amitié. Oh! le père Martin n'est plus à craindre pour vous... et si l'on était méchante...

— Mais vous ne l'êtes pas, interrompit Charles avec vivacité. Croyez-moi, Laure ne sait rien de ce qui se passe.

— Moi non plus, dit Sophie en relevant la tête et se rapprochant de Charles; et que se passe-t-il?...

— Des choses tellement odieuses à mes yeux que je ne puis les qualifier! M. Martin est un honnête homme!...

— Eh bien, répondit Sophie en baissant la voix; il a des idées sur Laure, n'est-ce pas? je m'en étais doutée!...

— Qui vous parle de cela, et où avez-vous l'esprit?

— Il est riche!...

— Laure est une honnête fille.

— Bon! vous voilà furieux! je ne vous en dis pas de mal! c'est vous, au contraire. Tenez, la voilà qui vient avec lui, fit-elle en montrant Laure et Martin qui traversaient la cour.

— Bonsoir, mon ami! dit Laure à Charles en lui tendant la main; comme vous devenez rare?

— Je ne serais pas encore venu si M. Martin n'était venu me chercher.

— Comme cela est aimable! pensa Laure en souriant.

Martin mit un doigt sur sa bouche pour dire à Charles de garder le silence sur le secret qu'ils semblaient avoir ensemble. Charles fit un signe affirmatif et prit un air indifférent qui ne lui était pas familier. Cette fois du reste, il avait des armes pour combattre et il voulait les empoisonner avant de s'en servir.

— Eh bien, dit-il en s'adressant à Sophie; vous savez la nouvelle! M. Roger veut rompre avec Mme Bussy; je ne comprends pas cela; elle est jolie, la taille cambrée, l'œil provoquant, un sourire pour tout le monde; c'est une femme mariée, cela pose un homme et c'est tout profit; le mari se chargera de la vieillesse, il lui restera les enfants de sa femme. Ah çà! ils sont donc bien bêtes ou bien infâmes, ces gens-là; si j'avais une femme, je ferais mon devoir! si elle me trompait, je la tuerais! oui,

je la tuerais !... Mme Bussy a beaucoup d'esprit, à
ce qu'on dit ; celles-là sont plus coupables que les
autres ; à quoi donc sert l'éducation qu'elles re-
çoivent, le nom qu'on leur donne, le serment qu'elles
ont fait ? la femme qui trompe un honnête homme
est une brute ou une coquine. Dans l'un ou l'autre
cas, il n'y a pas de mal à en débarrasser la société.

— Il a raison, disait Martin en s'adressant à Sophie ; je ne comprends pas que l'on vienne comme
cela jeter le trouble dans les familles ! cela gâte les
mœurs !

Il s'arrêta ; Charles reprit avec entraînement :

— Ce sont ces femmes-là qui détruisent et dés-
organisent tous les beaux sentiments qu'on rêve
sans pouvoir les mettre à exécution ; quand elles
verraient qu'il peut en coûter plus que le mensonge,
la ruse, l'hypocrisie, qu'il peut en coûter la vie,
elles réfléchiraient un peu.

— Je crois bien, dit en minaudant Sophie ; j'aime
mieux les femmes qui sont franchement dépravées.
Tromper un mari ! cela me serait impossible !...

Martin comprit et ne put s'empêcher de sourire.

Là était le côté comique ; mais Laure pâlissait et
Charles disait avec véhémence :

— Quand une duchesse a un amant, une femme
sans nom peut bien en avoir trois. Ces femmes sont
indignes et ceux qui les hantent ne peuvent inspirer que du mépris ! aller dans une maison, serrer
la main à un homme, manger son dîner et lui voler
son bien au dessert, quel joli rôle à jouer dans la
vie !

— Il a raison, disait Sophie ; l'amant est toujours
l'ami de la maison.

— Oui, reprit Charles ; on joue le rôle de Love-
lace ! on prend une femme pour enseigne, on l'af-
fiche, on la compromet, puis lorsqu'on en a assez,
elle sert d'amorce aux autres ; on l'offre en holo-
causte à la passion du jour, on a l'air de lui sacrifier une conquête, tandis que l'on se débarrasse
d'un fardeau, d'une vieille maîtresse. En pareil cas,
le vainqueur est la victime, son triomphe est une
honte ; qu'en pensez-vous Laure ?

— Je ne puis jamais rien penser de ce que vous
dites, mon ami ! répondit la jeune fille avec fermeté ;
je ne comprends pas toujours vos paroles, et quand

je les comprends, elles m'affligent ou me font peur ; heureusement je ne vous crois pas.

Charles regarda encore Martin d'un air qui voulait dire : vous voyez que je mets des ménagements, mais j'ai envie de lui dire... Le bonhomme fit un signe qui semblait répondre : Je suis satisfait, mais restez-en là.

Laure était si loin de songer à la vérité du danger qui la menaçait que pour la première fois, elle résolut de répondre à Charles afin de le guérir de sa manie de médire.

—Vous avez de l'imagination, lui dit-elle en le regardant en face ; vous avez de l'éloquence, deux qualités lorsqu'on sait s'en servir modérément ; mais vous en abusez pour donner raison à vos idées.

—J'aime mieux passer pour un méchant que pour une bête, répondit Charles en la regardant à son tour.

—Vous pourriez passer pour les deux, mon ami, répondit Laure sans se laisser intimider ; l'excès nuit en tout. Avant de condamner les paroles ou les actions des autres, il faudrait s'étudier à être irréprochable soi-même ! vos idées politiques dépassent

en extravagance tout ce qu'on peut imaginer, puisqu'on vous dit fou! on vous plaint sans vous blâmer, on respecte votre folie, respectez celle des
autres !

Charles regarda Laure; c'était la première fois
qu'elle lui faisait des réflexions, il crut avoir mal
entendu, mais pour le convaincre, elle reprit :

—Vous savez mieux que personne qu'on n'est
pas maître de ses sentiments, puisque vous aimez
des fictions ou des êtres qui ne vous aiment pas !
Votre cœur a ses faiblesses, mais vous voulez celui
des autres parfait. Je vous plains, mon ami! parce
que je vous aime comme un frère ! je voudrais vous
voir sans reproche afin d'écouter vos avis, de les
suivre passivement sans répliquer ! mais vous êtes
loin de la perfection, Charles ! et il ne faut point
exiger des autres les actes qu'on ne peut accomplir
soi-même. Aimons et pensons en liberté ! je vais
rêver à vos beaux discours... vous finiriez par me
donner de l'esprit, et vous verrez à votre tour que
celui qui veut trop prouver ne prouve rien. Bonsoir,
mademoiselle Sophie ; bonsoir, Martin, dit-elle en
sortant; sans rancune, Charles.

— Avez-vous entendu ? quelle impudence ! dit enfin Sophie en joignant les mains ; elle trouve naturel qu'on ait un amant, qu'on trompe un mari, et qu'on aime un homme qui ne vous demande pas en mariage !

— Non, répondit Martin en poussant un soupir ; c'est une âme forte, une nature intelligente qui se révèle à elle-même ! ne vous découragez pas ! reprit-il en frappant sur l'épaule de Charles ; demain, vous lui direz tout.

— Elle ne me croira pas, murmura Charles en se levant machinalement.

— Parlez en mon nom, dit à demi-voix le caissier en reconduisant Charles.

— Elle est perdue ! allez ! elle ne veut rien comprendre !...

— Nous nous y sommes mal pris, répondit le vieux caissier en passant son bras sous celui du jeune homme et l'entraînant dehors ; c'est demain dimanche, il ne faut pas qu'elle aille là-bas... tâchez d'arranger les choses sans me compromettre... si Mme Maubel savait que j'ai entendu... malgré moi, c'est vrai, car elle parlait très-haut et je ne pouvais faire autrement que d'entendre... mais je pouvais ne pas répéter.

— Vous seriez devenu le complice d'un crime !...

— Et je ne l'ai pas voulu, même au risque de perdre ma place.

Charles lui serra la main et s'éloigna.

CHAPITRE XX

Laure s'était dit en rentrant dans sa chambre qu'elle avait bien fait de se révolter contre sa propre faiblesse, et qu'à l'avenir elle tiendrait tête à toutes les tempêtes que Charles soulevait à plaisir dans son cœur. Elle voulait une fois pour toutes s'affranchir d'une surveillance injuste à ses yeux, outrageante à ceux des autres. Elle dormit peu, la nuit lui parut longue, elle se leva au point du jour et apporta aux soins de sa toilette des détails qui trahissaient un grand désir de plaire.

Mᵐᵉ Maubel lui fit des compliments qui ne trou-
vèrent pas Laure indifférente. Dans tous les esprits
être aimée des parents de celui qu'on aime, c'est avoir
fait la moitié du chemin vers l'affection désirée !

Roger fut exact comme la sonnerie de la pendule.
Laure descendit la première, mais avec lenteur, car
son cœur battait à se rompre ! Elle sentit fléchir ses
genoux, il lui semblait qu'un danger la menaçait, et
elle ne put retenir un cri en se trouvant face à face
avec Charles. Il était impossible de l'éviter ; il se
tenait à la porte de la voiture.

— Vous êtes prête, lui dit-il avec un sourire
plein d'ironie ; tant mieux, je vous attendais. Vous
allez au cimetière, n'est-ce pas ? Nous irons ensemble.

Laure se troubla, une vive rougeur colora ses
joues ; elle n'était pas allée voir sa mère depuis un
mois, cela lui ôta le courage de répondre.

— Ne voulez-vous pas venir ? demanda Charles
en accompagnant ses paroles d'un regard pénétrant;
c'est aujourd'hui dimanche, vous n'avez rien de
mieux à faire, je crois.

— C'est que... Mᵐᵉ Maubel... murmura timi-

dement Laure qui malgré elle, se sentait pénétrée
d'un reproche qu'elle trouvait juste, m'a priée...

— Mme Maubel sait bien que votre mère est
morte, et que vous n'avez que le dimanche pour
aller voir sa tombe, lui porter un regret, une fleur !
Les dernières doivent être bien fanées !... Venez les
changer, Laure, ajouta-t-il d'une voix plus douce ;
ces deux pauvres âmes nous attendent à la porte
du cimetière !...

— Demain ! murmura Laure timidement, mais
aujourd'hui, je vais...

— Les ouvriers ne vont pas aux courses ; cette
dangereuse mascarade n'a pas d'intérêt pour eux ;
et puis, ce n'est pas votre place, Laure, croyez-moi.

Laure releva la tête ; elle voyait encore une per-
sécution dans ces paroles, un ordre qu'on voulait
lui donner sous une forme nouvelle, elle se révolta.

— J'irai demain au cimetière, répondit-elle avec
une fermeté qui ne découragea pas Charles, car il
reprit avec douceur :

— C'est un ami, un frère qui vous parle, Laure !
Voulez-vous vous perdre et vous jeter de gaieté de
cœur dans les bras de la honte ? Il en est temps en-

core, venez avec moi, quittez cette maison où l'on
médite votre perte ! Songez à votre mère !... à ses
douleurs !... à ses regrets !

— Charles, ma mère ne vous a pas recommandé
de veiller sur moi avec cette tyrannie qui me rend
la vie odieuse et votre amitié à charge. Ah ! je fais
mal en sortant avec Mme Maubel, une personne
respectable sous tous les rapports; mais vous trou-
veriez naturel que je sortisse seule avec vous. Eh
bien, je refuse votre bras et vos conseils, parce qu'ils
sont égoïstes, injustes ! Vous n'êtes pas assez désin-
téressé pour vous placer en Mentor.

— Ah ! Laure, murmura Charles, atterré par cette
réponse, vous me jugez comme ces misérables qui
prennent toutes les formes pour tromper, abuser
une femme ! Votre mère et Dieu seront juges entre
nous ! Ah ! tenez, reprit-il en revenant sur ses pas,
voici M. Martin, demandez-lui ce que vous devez
faire.

Martin regarda autour de lui comme un homme
qui a peur d'être entendu, puis il dit à Laure en lui
prenant la main :

— Il ne faut pas monter dans cette voiture, mon

enfant. Croyez tout ce que Charles vous dira, il est
incapable de vous tromper ; il vous estime, puisqu'il
voulait faire de vous sa femme, il vous respecte,
puisqu'il vous appelle sa sœur. Eh bien, en sa qualité de frère, je l'ai prié de veiller sur vous, de vous
instruire. Partez, ma pauvre enfant, allez voir votre
mère, demandez-lui du courage, car la chair est
faible et la tentation est grande.

La jeune fille se laissa entraîner par Charles qui
disait à Martin en s'éloignant : Dites à Mme Maubel
que Laure avait oublié la visite qu'elle doit à sa mère.

Martin fit signe qu'il se chargeait d'arranger les
choses. Laure suivait Charles sans rien comprendre
à ce qui venait de se passer. Elle avait entendu,
elle était effrayée et n'osait pas demander d'explication.

— Ne croyez pas, Laure, murmura Charles après
un long silence, que je cède à un sentiment égoïste,
c'est ma tendresse pour vous qui dicte ma conduite.
Ce que je vais vous dire, venant de moi, vous pa-
raîtrait une calomnie ; c'est Martin qui m'a fait demander hier parce qu'il avait entendu une conversation, surpris un secret qu'il ne pouvait nous

laisser ignorer sans faillir à l'honneur ! Vous sentez-
vous le courage de m'écouter? c'est Martin, votre
vieil ami, qui parle par ma bouche.

Laure ne répondit qu'après un long silence;
mille idées confuses s'étaient heurtées dans sa tête !
Ce qu'elle allait apprendre devait être bien affreux,
car Charles avait des larmes dans la voix et dans
les yeux. Elle rassembla toutes ses forces pour paraître calme, et se prépara à soutenir le choc.

—Parlez, lui dit-elle en le regardant en face.

Cette résignation effraya Charles, il éprouva une
vive douleur; l'arme dont il devait se servir, du
reste, était à deux tranchants et devait le blesser en
même temps.

— Vous aimez Roger ! dit-il enfin. Ah ! vous l'aimez, c'est convenu; là est le véritable danger !
Vous êtes pure, votre âme est chaste, et je ne crain-
drais pour vous ni les piéges ni les embûches, si
votre cœur n'appartenait pas à l'ennemi. Vous cher-
cherez à vous défendre, il vous livrera.

— Que voulez-vous dire? demanda Laure en
cherchant à le pénétrer du regard comme si elle
doutait de ses paroles.

— Je veux dire, reprit le jeune homme avec un sourire plein de tristesse, qu'il se joue autour de vous une comédie infâme dont vous êtes l'héroïne ! Infâme, parce qu'elle prend le masque de la charité, de la bienveillance pour vous perdre ! Savez-vous ce que Mme Maubel a décidé ? Que vous seriez la maîtresse de son fils jusqu'au jour où elle trouverait un parti convenable pour l'établir et le marier à une autre bien entendu.

— Ah ! vous mentez, s'écria Laure en s'arrêtant; c'est affreux ce que vous dites là ! Vous avez du venin dans l'âme, vous ne savez que haïr !

— Mme Maubel disait hier à son fils que s'il ne vous aimait pas, vous finiriez par mourir d'amour pour lui... que votre santé s'altérait chaque jour... qu'il sacrifiait enfin une tendresse chaste et pure à l'amour d'une femme sans cœur et sans âme!...

— Eh bien ! répondit Laure en relevant la tête, si cela était, si elle m'avait devinée et qu'elle veuille...

— Vous faire épouser à son fils ! interrompit Charles en riant ironiquement, je partirais demain pour ne pas voir votre bonheur, je n'y apporterais pas d'entraves, dussé-je en mourir ! mais il n'en

est rien... elle lui disait qu'il pouvait vous aimer
pour passer le temps... qu'on vous trouverait un
mari plus tard...

Laure le regarda avec stupeur; elle ne doutait
plus de sa folie.

— Si j'avais entendu cela moi-même, vous ne
me croiriez pas, reprit-il en secouant la tête, vous
dites que je hais tout le monde, ai-je tort ou raison?
je ne vous dis que la moitié des choses, parce que
la seule pensée des autres me désespère, me tue!

Charles pleurait. Laure lui serra la main et le
regarda avec inquiétude sans oser l'interroger; mais
elle sentit une douleur générale glisser dans ses
veines, un frisson agita ses membres, tout son sang
reflua vers son cœur, sa poitrine s'oppressa, une
toux sèche et rapide l'empêcha de parler, mais ses
yeux prirent une expression qui semblait dire:

— Je devine, je n'ai pas longtemps à vivre, je
suis atteinte de la maladie qui a emporté ma pauvre
mère! on fera semblant de m'aimer par charité!

— Quoi! vous ne répondez pas? vous n'êtes pas
indignée! s'écria Charles en frappant ses mains
l'une contre l'autre, vous ne comprenez donc pas

que vous êtes entourée de gens hypocrites, corrompus !

— C'est affreux ! dit Laure en fondant en larmes ; s'ils disent vrai, mon Dieu ! reprenez-moi donc de suite !

Charles la soutint dans ses bras ; elle était pâle, chancelante.

— Allons, lui dit-il en la regardant avec pitié, du courage ; il faut savoir souffrir !

— Que faut-il faire ? demanda la jeune fille.

— Quitter la maison de Mme Maubel où vous êtes moins en sûreté que vous ne l'étiez chez Mme Jean ; vous ne m'aimiez pas, Laure, mais vous avez beau me traiter de fou, ma folie est pleine de respect pour vous ; je suis un honnête homme.

— Je n'aime pas M. Roger, répondit Laure d'une voix ferme, et si mon cœur s'était donné malgré moi, il serait délivré depuis une heure. Je suis plus forte que vous ne le croyez, mon ami, il n'y a danger pour moi nulle part, quand ma fierté se révolte. Je veux au contraire voir jusqu'où peut aller l'imagination du mal quand il s'agit d'inspirer un amour

qui dégrade. Et puis, je veux... Elle se tut, car son
cœur venait de concevoir un doute.

— Laure ! s'écria Charles en joignant les mains,
ne tentez pas une semblable lutte ! vous ne connaissez pas ces fureurs du cœur, ces tourments
de l'âme que fait éprouver la jalousie. Laure, je
crois en vous, soyez ma femme devant les hommes,
vous serez ma sœur devant Dieu jusqu'au jour où
vous me tendrez la main en me disant : Soyez mon
mari. Comme cela, vous pourrez quitter cette maison, éviter un danger et vous soustraire à vous-
même. Vous aurez un appui, le monde n'osera pas
vous calomnier ; si l'on vous insulte, j'aurai le droit
de vous défendre.

— Nous serions malheureux, répondit Laure avec
fermeté ; vous me demanderiez bientôt compte de
mes pensées. Le courage grandit en raison du péril.
Laissez-moi chercher l'oubli dans l'excès même de
mes douleurs.

Charles secoua tristement la tête, il savait par
expérience qu'on ne raisonne pas avec le cœur.
Depuis qu'il aimait Laure, n'avait-il pas lutté ? son
amour n'avait-il pas grandi en raison des obstacles ?

16

— Je ne puis redouter ceux que je méprise, reprit Laure avec calme ; j'ai aussi ma dignité. Mon ami, je vous dois peut-être une force de caractère dont vous me croyez incapable, parce que vous n'avez jamais eu l'occasion de l'éprouver. Je n'ai jamais fait de confidences à Mme Maubel, et si elle a dit ce que vous m'avez répété... je l'obligerai à dire qu'elle s'est trompée ou qu'elle a menti !...

Laure avait l'air d'être sûre d'elle-même. Charles n'osa pas ajouter un mot. Roger n'avait rien compris aux explications que Martin avait cherché à lui donner relativement au départ précipité de Laure.

— Vous comprenez, disait le bonhomme, Charles a exigé... après tout, c'est son futur ! et puis, elle l'aime ;... ce garçon... lui, il est jaloux... ils sont allés au cimetière ensemble, vous comprenez, un dimanche... Enfin, Laure ne pouvait aller aux courses avec vous, elle m'a chargé de l'excuser.

Roger s'était senti pâlir imperceptiblement; il regarda sa mère, qui lui fit un signe plein d'étonnement, signe qui semblait dire : Je n'y comprends rien, en vérité. Roger mordit entre ses dents le

coin de sa moustache, ce qui, chez lui, était un signe
de mauvaise humeur.

— Bien, pensa-t-il, on se moque de moi ; ce petit
bohême rit en ce moment, parce qu'il croit m'avoir
joué un mauvais tour; eh bien ! qu'il se marie, et
sa femme me vengera.

Malgré cette apparente résignation, Roger s'en-
nuya toute la journée; il se promit de se venger de
ce qu'il appelait une mystification ! Il vit Mme Bussy
aux courses, il courut à elle. Celle-ci, en le voyant
avec sa mère seulement, crut qu'il lui avait dit la
vérité, qu'elle était injuste, et lui demanda pardon.
Comme elle l'avait vu soucieux, distrait, après les
courses, elle accourut chez lui, mais il ne lui fit pas
la réception qu'elle attendait. Il la reçut plus froidement que la première fois et lui dit avec un sourire
contracté :

— Tiens, vous voilà ! vous êtes donc libre?... Il
était très-gentil ce monsieur qui vous accompa-
gnait; est-ce qu'il est amoureux de vous ?

— Peut-être ! Oh! je sais bien que vous n'êtes
pas jaloux, vous ne m'aimez plus ! mais que signifie
encore ce changement? Tout à l'heure...

— Votre gain à la Bourse m'a un peu refroidi, répondit Roger en riant ; mais nous resterons d'excellents amis. Tenez, Honorine, j'ai envie de me marier !

— M'abandonner ! s'écria Mme Bussy presque en proie à une attaque de nerfs ; me sacrifier, ingrat ! je ne consentirai jamais...

— Je ne vous demanderai pas votre consentement ; n'êtes-vous pas mariée ?

— Voyons, Roger, soyez franc ; vous voulez me quitter, n'est-ce pas ? dites-le donc ! pourquoi prendre mille détours, m'humilier à chaque instant ?

— Mon Dieu ! fit-il avec impatience, si c'est pour me chercher querelle que vous êtes venue, les scènes m'ennuient, je ne vous répondrai pas, laissez-moi en paix.

CHAPITRE XXI

Rien de curieux à étudier comme la fin de ces liaisons; on se déteste, après s'être aimés. Il y a de temps à autre une étincelle qui se ranime au contact d'un souvenir, mais la cendre ne flambe pas.

Roger en était là de ses amours avec Mme Bussy. Rien de plus ingrat qu'un cœur qui se dégage dans de pareilles conditions! Malheur alors à la femme qui ne comprend pas qu'après l'indifférence viendra le dégoût.

Roger n'aimait plus Honorine; mais il fit la paix

16.

avec elle pour se sauver du ridicule que Laure avait
dû jeter sur lui. Il resta quinze jours sans retourner
chez sa mère, et lorsqu'il entra au magasin pour
demander de l'argent à Martin, il parla à Laure d'un
air affectueux, dégagé, ne lui faisant ni reproche ni
allusion relativement au dimanche des courses.
Laure se sentit embarrassée, honteuse, son cœur se
gonfla ; cette froideur était cruelle. Elle sentit ses
yeux se remplir de larmes ; elle baissa la tête sur
son ouvrage ; mais Roger la regardait à la dérobée.

— Vous oublierez le chemin de notre maison, dit
en soupirant Mᵐᵉ Maubel.

— Ne m'en parlez pas, chère mère ! répondit
Roger à demi-voix , mais assez haut pour être entendu de Laure ; il faut qu'amour se passe !

Laure éprouva comme un étourdissement ; il lui
sembla sentir la terre trembler sous ses pieds ; les
deux larmes qu'elle retenait à grand' peine cou-
lèrent lourdement sur ses joues et tombèrent sur
ses mains. Roger savait ce qu'il voulait savoir ;
il croyait avoir à se venger d'un affront, son amour-
propre était satisfait. Il sortit en se disant :

— L'épreuve n'est pas assez forte ! Je reviendrai ; mais il faut qu'elle me désire !

Laure n'avait rien osé demander à Martin, elle se remit à douter de Charles. Elle était dans cette disposition d'esprit, lorsqu'il arriva le soir.

— Vous m'aviez fait une histoire absurde ! lui dit-elle d'aussi loin qu'elle le vit ; tous les moyens vous sont bons, lorsque vous voulez atteindre un but. Oh ! vous êtes un ami redoutable ! Si j'avais quitté cette maison, j'aurais été ridicule, ingrate ! Vous ne pouviez pas me rendre indifférente, vous cherchez à me rendre haineuse.

Martin, qui avait réfléchi, avait peur de trop s'avancer ; du reste, croyant le danger passé, il répondit à demi-mots. Elle ne douta plus qu'il ne se fût entendu avec Charles pour la tromper. Dans son indignation, elle rendit blessure pour blessure, en disant à Charles :

— Je ne vous aimerai jamais ! renoncez à l'espoir que je vous avais donné, le temps n'apportera aucune modification à mes idées ; que voulez-vous ? on ne sait d'où vient ni l'amour ni l'aversion. Vous ne pouvez même plus m'inspirer d'amitié ! Vous avez fait souffrir mon cœur, et mon cœur vous déteste malgré moi !

Charles se replia sur lui-même; son amour était mortellement blessé, mais l'agonie devait être longue, et il résolut de ne pas donner à Laure le spectacle d'une douleur pour laquelle elle ne pouvait rien ! Il se leva et sortit sans lui tendre la main, sans lui dire adieu; il ne revint pas.

Pour s'étourdir, il se jeta à corps perdu dans les conspirations; les sociétés secrètes étaient alors en si grand nombre, qu'il n'avait que l'embarras du choix. Son amour malheureux pour Laure l'exalta davantage pour celui de la guerre, il la rêvait terrible et sanglante. M. Guibour, son patron, prêtait son concours à tout ce qui voulait s'insurger contre l'ordre. Tête exaltée, esprit faux, il se ruinait au physique, croyant s'enrichir au moral. Il avait l'argent, il lui fallait le pouvoir, les honneurs. Son plan était bien simple : tout renverser pour reconstruire; défaire un gouvernement, afin d'en nommer un autre qui sache mieux apprécier sa valeur personnelle. N'est-ce pas là l'histoire de tous les temps ? Mais pour cela, il faut des machines qui marchent,

crient et s'exposent. De ces machines humaines,
Charles était la plus entreprenante, et on le ménageait, car un grand événement se préparait. Charles
était tellement convaincu de son malheur, qu'il dé-
tournait les yeux du passé pour regarder l'avenir.
A force de se répéter qu'il arriverait à être quelque
chose qu'on regretterait de l'avoir dédaigné, il se prit
au sérieux et ne douta pas qu'il tiendrait bientôt dans
sa faible main les lourdes rênes d'un gouvernement.

— Ça marche, dit-il un jour à Martin; les mé-
contents sont en nombre, les esprits fermentent,
comme le vin fermente dans la cuve. Le raisin
entassé fera bientôt sauter le pressoir, alors vous
verrez ce dont nous sommes capables.

Il ne pensa même pas à demander des nouvelles
de Laure.

— Pauvres enfants! dit Martin en s'éloignant;
pour n'être pas les mêmes, leurs maladies sont aussi
dangereuses l'une que l'autre!

Laure était malade! elle avait beau cacher ses
souffrances avec un soin infini, Martin suivait avec
tristesse les progrès du mal! Elle voulait paraître
indifférente, moqueuse, mais elle n'avait pas le cœur

de son personnage. Elle sentit enfin que la lutte était au-dessus de ses forces! Roger n'était pas revenu, il n'avait pas positivement oublié Laure, mais il avait réfléchi qu'il y aurait déloyauté de sa part à tromper une fille honnête et crédule! Il devait penser très-prochainement au mariage et ne voulait s'engager en aucune façon. Il garda donc ses distances et partit à la campagne avec M. et Mme Bussy.

— « Quand se marie Laure? disait-il à sa mère, dans une lettre; vous devriez songer à son établissement. »

Ce coup porté au cœur de Laure fut le dernier qu'elle put supporter ! Elle résolut de quitter la maison de madame Maubel. Peut-être la plaindrait-on, si elle mourait de chagrin ! Les pensées les plus tristes sont des consolations ! Laure sortit donc un matin et se dirigea machinalement du côté de la rue Folie-Méricourt; on eût dit que Laure ne connaissait pas d'autre chemin. Elle se trouva en face de son ancienne maison, sans savoir comment elle y était venue. A la vue de cette masure, ses yeux se remplirent de larmes; toute sa jeunesse flétrie avant

l'âge par un amour dédaigné lui revint en mémoire.
Elle avait été bien malheureuse dans ce pauvre ré-
duit, mais elle avait sa mère et l'espérance !

— Je voudrais habiter cette même chambre où je
l'ai vue pour la dernière fois ! murmura-t-elle en
entrant dans l'allée étroite ; il y a un écriteau ! Si
ce pouvait être la nôtre qui fût à louer ! Il me semble que l'ombre de ma mère l'habiterait avec moi !
son souvenir me donnerait de la force, du courage !

Comme il n'y avait pas de concierge dans cette
maison, Laure monta chez madame Benoît et frappa
doucement à la porte pour ne pas fâcher le chien
ou le perroquet :

— Entrez, dit une voix faible.

Mouton fit un petit grognement ; Coco demanda
tristement : *Qui est là, qui est là ?*

Laure entra, les bêtes ne bougèrent point. Madame Benoît souleva sa tête pour voir qui était entré, puis elle la laissa retomber en disant :

— C'est toi, petite ! Ah ! cette maison-ci ne porte
pas bonheur, je vais aller rejoindre ta mère. Qu'est-
ce que mes pauvres bêtes vont devenir, mon chien
surtout !

La malade jeta un regard désolé sur Mouton qui, couché à terre, le museau allongé sur ses pattes, remua la queue et regarda Laure sans faire un mouvement.

—Vous avez donc été bien malade? lui demanda Laure effrayée du changement physique qui s'était opéré chez son ancienne voisine; pourquoi ne m'avez-vous pas fait demander?

— Je n'y ai pas pensé; d'ailleurs, chacun a ses peines et ses misères, on n'a pas le temps de s'occuper de celles des autres. Et puis, j'étais dure au pauvre monde; il a été dur pour moi, c'est tout naturel! Chère petite! moi qui te faisais un reproche de n'avoir pas envoyé ta mère à l'hôpital, croirais-tu que je n'ai jamais voulu y aller! Il est vrai que j'avais mes bêtes, je ne savais à qui les confier, et puis, j'avais peur. Il y a cinq mois que je souffre d'un cancer au sein droit, on m'a fait l'opération et l'on dit que je vais mieux. Je n'en crois pas un mot, mais il faut bien qu'un médecin dise quelque chose à son malade pour les quarante sous qu'il lui prend par visite.

Laure fut émue! tout était en désordre dans cette

chambre jadis si propre!... Coco juché sur son perchoir semblait avoir perdu la parole; Mouton était maigre comme sa maîtresse. Mme Benoît souriait en disant :

—J'ai une femme de ménage qui me sert de garde-malade, mais elle me rend malheureuse comme une pierre! quand j'avais du bois, du sucre, elle me le volait; maintenant que je n'ai plus rien, elle ne vient plus! on a mis mon logement à louer! je sais bien quelle voiture de déménagement il me faut!... J'attends la fin avec impatience, reprit-elle après avoir poussé un soupir et regardé son chien! si je pouvais m'en aller avant le terme comme ta mère!

Laure essuya furtivement deux larmes.

—Vous ne mourrez pas, ma pauvre amie, et puisque le plus fort du mal est supporté, ayez du courage! j'ai heureusement un peu d'argent, moi, et je mets tout ce que je possède à votre disposition. Si vous le voulez, je viendrai travailler auprès de vous; votre logement est assez grand pour nous deux, je voulais en louer un, je payerai votre terme.

Mme Benoît la regarda longtemps, lui prit la main

et la baisa ! C'était moins l'idée du secours qu'on lui apportait qui lui causait un attendrissement profond que l'apparition de cette douce amitié qui lui avait toujours fait défaut parce qu'elle avait vécu en égoïste.

———

CHAPITRE XXII

Les consolations qu'on donne aux autres vous font souvent oublier vos propres peines ; puis quand on s'est cru seule, abandonnée, inutile sur terre, on éprouve un plaisir infini à rendre service, à se dévouer.

Laure se sentait heureuse de pouvoir faire quelque chose pour quelqu'un.

Mme Benoît ne lui avait-elle pas donné son plus beau drap pour ensevelir sa mère !...

Laure revint à son magasin, demanda son compte,

elle avait un prétexte. Elle raconta à Mme Maubel dans quel état elle avait trouvé son ancienne voisine et lui fit part du désir qu'elle avait de la soigner.

— Allez la voir souvent, répondit la mère de Roger attendrie, mais ne me quittez pas pour cela. Il n'est pas sain de coucher dans la chambre d'une malade ; et puis, j'ai besoin de vous quelque temps encore; une séparation définitive me sera pénible, mon enfant; ajournons-la.

L'âme a ses mystères ! Malgré tous ses projets de départ, Laure fut enchantée qu'on la retînt et elle n'insista pas.

Mme Maubel lui avait parlé avec affection et lui avait laissé voir qu'elle la regrettait. Pauvres natures aimantes! il faut si peu de chose pour les rendre heureuses!

Laure trouva dans l'excès même de ses occupations des heures de joie. Quinze jours plus tard, Mme Benoît était sur pied et elle allait à la consultation de l'hôpital Saint-Louis, appuyée sur le bras de Laure à laquelle elle disait :

— Grâce à toi, j'ai refait un bail avec la vie, mais je vais te mener à la baguette! je t'obligerai bien à te soigner, moi ! je sais ce que le médecin m'a dit, l'autre jour...

— Il vous a dit que j'avais la poitrine attaquée, n'est-ce pas ? demanda Laure en souriant ; le cœur est si près qu'on peut bien se tromper... Soyez sans crainte, allez ! je vivrai, moi, parce que ma mort ne désolerait personne !

— Et moi ? méchante ! répondit la bonne femme en lui envoyant un coup de coude ; on peut t'aimer autant que je t'aime; davantage, ce n'est pas possible.

Les deux femmes rentrèrent en silence.

La chambre de Mme Benoît avait repris son aspect de propreté; Mouton était engraissé et sautait jusqu'à la poitrine de Laure pour lui manifester sa tendresse ; Coco piétinait sur son bâton et chantait tout ce dont il se souvenait quand il la voyait entrer. Elle le flattait, grondait le chien, qui se couchait à ses pieds et ne bougeait plus que lorsqu'elle l'appelait.

Laure avait trouvé dans les soins à donner à ce pauvre intérieur un narcotique pour ses tristes pensées.

17.

Roger, qui semblait avoir oublié Laure tout à fait, revint plus souvent au magasin, parla d'elle et chercha même les occasions de la rencontrer tandis qu'elle les évitait avec soin. C'était le meilleur stimulant qu'on pût apporter aux idées changeantes et capricieuses d'un homme qui n'aimait rien lorsqu'il le possédait ou savait pouvoir le posséder. Quand par hasard il rencontrait la jeune fille, elle le saluait sans même se retourner une fois. Cela semblait étrange à un homme qui la croyait se mourant d'amour !

Laure avait confié toutes ses peines à Mme Benoît en lui disant :

— Parlez-moi souvent de ma mère, et je ne faillirai jamais ! Mais on ne sait pas ce qu'il faut de courage pour lutter contre soi-même.

— Conduis-moi au cimetière, répondit la bonne femme ; je veux la remercier, car sans toi tout serait fini !... Nous irons la voir souvent, cela te fortifiera ! elle te dira d'espérer et de vivre !

Ce n'était pas sans raison que Mme Benoît s'inquiétait de la santé de Laure. La maladie qu'elle cachait avec soin prenait des proportions énormes ;

son teint devenait transparent comme l'opale, ses
lèvres devenaient couleur de pourpre et c'était à de
rares intervalles et lorsqu'elle éprouvait une émotion
vive que les pommettes de ses joues se coloraient
de cette teinte rose qui paraît et disparaît comme
une ombre sur le visage des gens malades de la
poitrine. Elle avait presque retrouvé le calme ; la
sérénité de son âme se reflétait sur son visage et la
rendait d'une beauté idéale !

En la voyant prête à lui échapper, Roger inter-
rogea sérieusement son cœur ; il aimait Laure depuis longtemps, et se demandait pourquoi il l'avait
fait souffrir en se rendant malheureux. Il se répondit
qu'il avait agi par délicatesse ; qu'ayant besoin de
faire un mariage d'argent, il n'avait pas voulu la
tromper, puis Honorine avait été pour beaucoup
dans tout ce qu'il avait fait. Il se prit à la détester,
lui chercha querelle, la quitta brusquement, sans
motif ; il devait une réparation à Laure, sa conscience lui disait qu'il avait commis une mauvaise
action, presque un crime ! Sa nature était bonne au
fond, et comme ceux qui ne doutent de rien, il
croyait pouvoir par un mot arrêter la mort en se

plaçant entre elle et la jeune fille qu'elle touchait déjà du doigt.

Il vint donc trouver Mme Maubel, la fit monter au premier, ferma la porte de la chambre, la fit asseoir près de lui, et lui dit en lui prenant les mains:

— Tu m'as bien dit que Laure m'aimait, n'est-ce pas, ma mère?

A ce mot de mère, elle le regarda avec des yeux qui exprimaient une tendresse infinie!

— Oui, murmura-t-elle à demi-voix, qui ne t'aimerait pas?

— La vie que j'ai menée jusqu'à ce jour m'ennuie, me pèse! je suis un jeune vieillard, je veux me marier...

Mme Maubel lui serra la main.

— Rester près de toi, me mettre aux affaires, j'ai bien réfléchi.

— Dieu t'entende! répondit Mme Maubel, en joignant les mains.

— Oui, mais il y a une condition.

— J'y souscris d'avance; laquelle?

— C'est que tu me permettras d'épouser Laure.

Mme Maubel secoua tristement la tête en disant :

— Cela est impossible !

— Que m'importe qu'elle n'ait rien, puisque je te dis que je l'aime ?

— Tu n'aimes plus qu'une ombre, mon enfant ! je crois Laure perdue !

— Le bon Dieu fait des miracles ; je te dis, moi, qu'elle vivra quand elle saura que je l'aime !

— Attends encore avant de le lui dire, répondit Mme Maubel qui semblait avoir pris un parti ; je n'ai à t'objecter que sa mauvaise santé ; si le médecin me dit qu'on peut espérer, alors...

— Je te donne trois jours, répondit Roger en riant.

— Tête folle ! dit à son tour Mme Maubel, tu fais de moi tout ce que tu veux. Je suis capable du mal comme du bien pour te prouver ma tendresse.

Roger l'embrassa et descendit ; Laure était seule dans le magasin, attendant que Martin fût rentré pour sortir. Roger l'attendit dehors.

— Laure ! dit-il d'une voix tout émue, j'ai bien des choses à vous dire.... pardonnez-moi !

Laure le regarda avec tristesse, elle lui tendit sa

main amaigrie, Roger la serra doucement en disant :

— Je savais que vous n'aviez pas de haine et que vous rendiez le bien pour le mal ; vous me pardonnerez ; moi je ne me pardonnerai jamais...

— Quoi donc ? demanda Laure avec dignité.

— De ne pas m'être donné à vous tout entier le jour où je vous vis pour la première fois ; rien ne pourrait vous dépeindre mes regrets, mais je vous prouverai dans l'avenir...

— L'avenir ! murmura Laure avec un sourire encore plus triste que le premier, il est à Dieu !...

— Oh ! si vous n'étiez pas partie avec cet homme ! reprit Roger avec un mouvement de colère.

Laure se souvint ; on devait lui avoir dit la vérité, elle redevint calme jusqu'à la froideur.

— Celui que vous appelez cet homme est mon frère, M. Roger ! un cœur loyal, honnête, incapable de jouer avec un sentiment, d'oublier un devoir ; tout en me défendant, je me suis laissé guider par son expérience, et je ne le regrette pas ; il connaissait mieux le monde que moi, c'est en me brisant qu'il m'a fait marcher droit dans cette vie que j'espère bientôt quitter sans y laisser une tache !

— Laure! je vous croyais généreuse, vous m'affligez à plaisir; si vous saviez...

— Je serais indifférente à tout.....je suis résignée et j'attends avec patience l'instant où je reverrai ma mère!

— Laure! Laure! vous me faites peur! s'écria-t-il en la regardant avec une fixité effrayante; jouez vous avec mon cœur, et voulez-vous me rendre le mal que je vous ai fait?

— Vous ne m'avez fait aucun mal, répondit Laure en entrant dans l'allée de Mme Benoît, et si cela était, ce que vous venez de me dire m'aurait tout fait oublier. Vous ne pouvez plus aimer en moi qu'une âme! elle est à vous, Roger, emportez-la!

Elle disparut dans l'allée sombre, Roger resta quelque temps immobile, puis il s'éloigna en se disant:

— Elle m'aime toujours! elle vivra pour m'aimer!

Lorsque Laure entra chez Mme Benoît, elle se laissa tomber sur une chaise, ses forces étaient épuisées.

— Charles avait dit vrai, murmura-t-elle, c'est la pitié qui lui a fait tourner les yeux vers moi. Oh!

qu'il m'a fallu de courage pour ne pas lui dire : Je vous aime bien, puisque j'en meurs !

— Mon enfant, dit Mme Benoît en s'approchant, il ne faut pas te laisser abattre.

Laure caressa le chien qui était venu poser sa tête sur ses genoux, et qui semblait lui dire du regard: Je suis là aussi, moi.

— Allons au Père-la-Chaise, dit Laure en se levant, j'ai besoin de prier celle qui m'attend !

Mme Benoît ne répondit pas, elle descendit la première.

Après quelques détours faits dans le cimetière, elles aperçurent Charles; il était agenouillé sur la tombe de Mme Jean. Les deux femmes s'approchèrent en silence et l'écoutèrent; il parlait à demi-voix.

— Adieu, disait-il; vous qui m'avez aimé comme un fils, priez pour moi! J'aurais renoncé à l'ambition pour un peu d'amour, on m'a repoussé. Si je succombe, j'irai près de vous; si je réussis, je vous promets un beau monument, où je viendrai prier souvent.

— Pourquoi ces adieux? demanda Laure d'une voix tremblante.

— Parce que je ne reviendrai peut-être jamais ici, répondit Charles d'un air sentencieux. Le moment est venu pour l'homme de prendre sa véritable place sur la terre ou de rentrer dans le néant. Votre main, Laure, et souvenez-vous que, quoi qu'il arrive, je vous aimerai toujours!

Charles disparut au milieu des tombeaux; Laure resta anéantie.

— Il est fou! murmura Mme Benoît; viens, et ne pense plus à lui.

— Oui, répondit Laure en se laissant tomber à genoux à la place que Charles avait quittée; prions pour lui, car il va se mêler à quelque méchante entreprise.

CHAPITRE XXIII

Laure avait deviné. Il se préparait un drame sanglant; ce Paris, qui engloutit tout venait de se rassasier d'un règne. Le roi tremblait sur son trône. De quelque côté qu'on se retournât, on entendait un bruit confus, semblable à celui que ferait le bourdonnement d'abeilles invisibles; le bruit grossissait progressivement. Les entraîneurs péroraient sur les places, dans les réunions; Charles avait cette confiance que donne le feu sacré; son âme avait passé de son cœur sur ses lèvres, et il obtint un succès qui acheva de lui tourner la tête.

La parole grandissait l'homme; le nain pouvait devenir géant, et Charles espérait.

Le 21 février 1848, des groupes, des rassemblements se formèrent dans les rues.

Charles releva la tête, comme si l'heure de la délivrance était venue pour lui. Il vint voir Sophie.

— Où allez-vous? lui demanda-t-elle; la foule encombre les boulevards, on déchire à toutes les portes je ne sais quelles proclamations, on se parle à voix basse; un malheur plane sur nos têtes, n'est-ce pas? et vous souriez comme s'il s'agissait d'un jour de fête.

— Oui, un grand orage gronde sur la tête du roi; seulement, ce sont les hommes qui tiennent la foudre. L'émeute va devenir révolution! Nous verrons comment un lion sait manier un fusil! Votre Roger m'a donné une leçon de politesse; le moment approche où je vais pouvoir m'acquitter envers lui.

— Vous me faites frémir, disait le père Martin. Vous allez exposer votre vie, tenter des choses insensées. Vos idées sont fausses ; l'égalité est impossible sur la terre, c'est moi qui vous le dis!

— Dans le cœur d'une femme, c'est possible, répondit Charles en souriant. N'ayez aucune inquiétude pour moi. Ma vie est trop peu de chose pour tenter la mort. Elle respecte ceux qu'on ne pleurerait pas.

— Vous êtes injuste, Charles, répondit Laure qui entrait en ce moment ; vous avez en moi une sœur, une amie.

— Ah ! oui, mais celle-là, un autre la consolera... Allez, quand je ne serai plus, vous direz : Il n'était pas si fou que je le croyais ! Je ne crains pas une mort que l'on reçoit à la face de tous, qui n'a rien de honteux comme le suicide, et je vous promets de la chercher pour vous délivrer de moi ; car, j'ai beau faire, je vous aime et vous aimerai toujours!

Il passa la nuit du 21 au 22 février à se promener dans les rues de Paris. Le ciel, les hommes, l'atmosphère, tout semblait étrange. On se regardait en silence, on se parlait bas. Quelques officiers d'ordonnance parcouraient les rues ; chevaux et cava-

liers ressemblaient à des ombres craintives. Tout
était calme en apparence, mais on eût dit qu'on
s'attendait à un tremblement de terre et qu'il allait
ébranler les choses et les hommes.

Des masses noires compactes semblaient surgir
du sein de la terre. Au point du jour, on battait le
rappel. La foule criait : Vive la Réforme ! chantait la
Marseillaise ; les curieux se pressaient, les peureux
fuiaient ; la mêlée, commencée par un éclat de rire,
devait finir par un cri de désespoir.

Charles arriva chez Mme Maubel; il était pâle,
défait.

— Priez pour lui, dit-il à Laure en frappant sur
la crosse de son fusil, car si je le rencontre, son affaire est faite ! Fermez tout, ajouta-t-il en s'adressant à Martin. Que personne ne sorte ! Nos barricades s'élèvent comme des montagnes; dans quelques
heures, Paris sera à feu et à sang. Veillez sur Laure ;
qu'elle ne bouge pas, vous me comprenez !

— Ah ! vos barricades s'élèvent ? répondit Roger,
qui apparut tout à coup en uniforme d'officier de la
garde nationale. Eh bien ! ajouta-t-il en faisant
jouer la batterie de son fusil à deux coups, nous

verrons si elles sont solidement construites. Ma légion est commandée pour le quartier Montmartre, nous nous rencontrerons peut-être.

Laure perdit connaissance dans les bras de Sophie, qui lui disait :

—Voilà le fruit de votre coquetterie, voilà deux hommes qui vont s'égorger.

Roger et Charles avaient disparu. Martin ferma la porte et monta Laure chez Mme Maubel, qui était à moitié morte de peur ; pourtant, elle comprenait une chose, c'est que son fils allait se battre, et elle se leva tout à coup en s'écriant :

— Je veux l'en empêcher !

— Il est loin, répondit Martin en déposant Laure, toujours évanouie, sur un canapé. Aidez-moi, madame ; voyez, on dirait qu'elle est morte.

Mme Maubel fut effrayée de la pâleur de la jeune fille ; un remords traversa son âme, un instant elle eut la crainte d'être punie dans la personne de son fils. Elle rappela Laure à la vie par des soins et des caresses maternelles.

— Mon enfant, dit-elle en fondant en larmes, j'ai

eu une méchante idée; pardonnez-moi pour que Dieu ne me punisse pas.

Laure ouvrit les yeux, chercha autour d'elle comme une personne qui s'éveille.

— Où sont-ils? demanda-t-elle avec effroi. S'ils se rencontrent, Roger est perdu. Ah! madame, reprit-elle en joignant les mains, empêchez-les de sortir. Charles est fou, et la jalousie rend sa folie méchante.

— Que faire! s'écria Mme Maubel en se tordant les bras. Mon Dieu! reprenez-moi!

Laure se mit à genoux devant elle et chercha à la calmer.

Pendant ce temps, Charles arrivait au milieu d'un groupe composé d'hommes étranges. On délibérait un plan d'attaque. Il discuta tous les moyens proposés, démontra qu'ils étaient absurdes. On rejeta son idée. La boutique de M. Guibour fut transformée en corps de garde, les magasins en ambulance, en arsenal. On pouvait au besoin tirer des croisées de la maison. Les uns faisaient de la poudre, les autres fondaient des balles. On attendait avec impatience, derrière la montagne improvisée, le moment de la

défense, car on ne pouvait attaquer. Quelques combattants ivres d'ardeur et de vin tiraient en l'air ;
chacun voulait être le chef, commander. Il résultait
de là un malentendu, une lutte prête à s'engager
entre des hommes du même parti.

— Silence ! s'écria Charles en se jetant au milieu
de la mêlée ; n'allez-vous pas vous quereller comme
des écoliers et brûler votre poudre aux oiseaux ! Le
droit de commander appartiendra à celui qui l'aura
mérité. A chacun selon ses moyens. Pour commen-
cer, laissez-moi vous démontrer que notre position
est mauvaise. Avant une heure, si la troupe sait or-
ganiser l'attaque, nous serons désarmés et pris en
arrière.

On murmura ; mais, comme au milieu de ceux
qui l'entouraient en ce moment il ne passait pas
pour un fou, on se mit à réfléchir.

Charles avait eu raison. Le feu commença d'abord
avec une ardeur frénétique. La barricade se trouva
enveloppée d'un nuage de fumée ; lorsque la vapeur
grise se dissipa, on vit arriver un détachement des
chasseurs de Vincennes débouchant de la rue Montmartre avec de l'artillerie.

— Nous sommes perdus! criait-on de toutes
parts; mais au lieu de faiblir, le courage des insurgés redoubla en présence du danger.

Charles était monté sur la barricade. Il mesura du
regard l'étendue du danger. En déchirant ses cartouches avec ses dents, il ressemblait à un tigre qui
dévore sa proie. Sa figure, noircie par la poudre,
ses cheveux jetés en arrière, ses mains couvertes
du sang de l'un de ses camarades qui venait de tomber à ses côtés, lui donnaient un air étrange, terrible! Ce n'était plus un homme, c'était un vam-
pire, un être fantastique, furieux et lugubre. Le
génie de la guerre civile brillait sur son front, sa voix
était tonnante, son poignet semblait d'acier.

— Je vous l'avais dit, s'écria-t-il hors de lui;
vous voulez commander et vous ne savez pas obéir
aux bonnes inspirations des autres. Je ne vois plus
qu'un moyen d'échapper, il n'est pas infaillible, mais
c'est le seul qui nous reste. Voulez-vous suivre passivement mes conseils?

— Oui, répondit-on en chœur.

— Peut-être, reprit Charles, pourrons-nous faire
une retraite sans honte et sans passer pour des

lâches, mais beaucoup de ceux qui sont parmi nous doivent rester sur la place! De cette maison, ajouta-t-il en désignant les magasins de Guibour, nous pourrons aisément, en faisant une trouée à l'intérieur, gagner la rue du Sentier. Vingt hommes à l'œuvre; pendant qu'ils travailleront à nous frayer un passage, nous tiendrons ici avec ce qu'il nous reste de cartouches; si nous sommes pris, nous aurons encore assez de poudre dans ce tonneau pour nous faire sauter.

Le danger était pressant; la confusion, le tumulte cessèrent. Les insurgés se mirent à l'œuvre avec un calme, une énergie admirables. Le danger était dans la rue, chacun voulait y rester; tous avaient même résignation, même ardeur. On espérait un renfort, un secours. Une poignée d'hommes tenait tête à un feu qui vomissait la mort et les écrasait comme des mouches. Charles était toujours en avant, les balles semblaient ne pas vouloir l'atteindre. M. Guibour tremblait de colère, il n'était pas maître de lui; son front ruisselait de sueur, ses vêtements étaient en lambeaux, et le mouchoir rouge qui lui entourait la tête, faisait ressortir la pâleur de son teint. Il allait de l'un à l'autre, parlant à tort et à travers, excitant tout le monde pour se persuader à lui-même qu'il ne craignait rien. Il faisait du bruit pour s'étourdir, il était téméraire pour se convaincre.

— Alerte! dit-il à Charles, la brèche est faite; sortez avec ce qui vous reste d'hommes, moi je vais mettre le feu à tous les meubles et marchandises entassés dans la rue; cela empêchera la troupe d'avancer, et nous donnera le temps de fuir. Tâchez de rejoindre les amis de la barricade Montmartre; là doivent être concentrées toutes nos forces.

En pareil cas, on n'a pas le temps de parlementer ni de s'apitoyer sur le compte les uns des autres. Charles serra la main de son patron, cela voulait dire : Au revoir ou adieu.

— Nous étions trois cents, murmura Charles en regardant les hommes qu'il faisait défiler devant lui; nous restons à peine cent cinquante.

— Si nous vous avions écouté au commencement, dirent ensemble ceux qui se trouvaient auprès de lui, tout cela ne serait pas arrivé; mais M. Guibour n'en veut faire qu'à sa tête, et sa tête ne vaut rien.

— On ne fait pas la guerre sans chef, répondit un

vieux bonhomme qui avait à peine la force de porter son fusil ; si nous l'échappons, ce sera grâce à lui.

Il désigna Charles.

— Oui, oui, s'écrièrent à la fois plusieurs voix, qu'il soit notre capitaine !

— Voilà les épaulettes et le sabre, dit un enfant de douze ans qui avait pris ces objets à un soldat blessé.

— Voilà la décoration, dit le plus vieux de la bande en déchirant un coin de son mouchoir de poche en étoffe rouge.

En un pareil moment, cette mascarade avait quelque chose d'imposant, et Charles répondit sérieusement :

— J'accepte avec joie ; vous avez du cœur, nous irons loin.

— Tâchons seulement d'arriver au faubourg Montmartre, répondit un plaisant.

Pendant que le nouveau capitaine dirigeait ses hommes au milieu des décombres faits à l'intérieur des maisons, Guibour et deux de ses ouvriers mettaient le feu aux marchandises amoncelées derrière

les pavés. Une grande partie de ces marchandises
lui appartenait, pourtant il souriait en les voyant
brûler et disait avec joie :

— Vous voyez, mes amis, je me fais aussi pauvre
que vous; n'oubliez pas que je sacrifie tout à l'a-
mour de la patrie.

— Il me reste une balle, reprit-il en s'élançant
au milieu des flammes; je veux en descendre encore un.

Les deux hommes ne l'attendirent pas longtemps;
il tomba à la renverse et roula de pavé en pavé
jusqu'au pied de la barricade. Son corps était criblé
de balles. Il ne poussa pas une plainte, il était
mort en tombant. Ses compagnons prirent la fuite
et rejoignirent Charles, qui après mille détours
arriva sur le boulevard avec ses hommes. Les rangs
des insurgés s'ouvrirent pour leur livrer passage.

CHAPITRE XXIV

La nuit du 22 au 23 février arriva sombre et triste. Quelques gouttes de pluie tombèrent en silence, on eût dit que le ciel pleurait sur tous ces morts, et qu'il voulait en les lavant, effacer les ruisseaux de sang versé par les hommes. Le lendemain, la guerre recommença, le tambour battit, le tocsin sonna, le bruit du canon fendit l'air en grondant, sans que sa voix fît trembler personne. On chantait : *Mourir pour la patrie*, et l'on mourait en chantant. Les boutiques servaient d'ambu-

lance, quelques femmes faisaient l'inspection des
blessés, les pansaient; d'autres pleuraient, priaient
en suivant d'un regard plein de larmes un fils, un
frère, un mari. Certaines, et elles étaient en grand
nombre, excitaient au carnage; on eût dit des
furies altérées de sang. On leur devait les inventions les plus cruelles pour la destruction des trou-
pes; elles mordaient les balles, faisaient bouillir de
l'eau, qu'elles jetaient par les fenêtres; c'était un
tumulte, un bruit qui devait ressembler à celui de
l'enfer.

Ce jour-là, comme toujours, l'ivresse joua un
grand rôle dans les excès de bravoure.

Les insurgés sont généralement braves jusqu'à
la témérité, mais beaucoup d'entre eux sont encore
plus altérés. Malheur alors à celui qui reste calme;
on l'appelle tiède, aristo... et il est mis à l'index.

Charles ne voulait pas déroger, et pour ranimer,
non pas son courage, mais ses forces épuisées, il
but, et devint presque enragé.

L'attaque venant du boulevard se ralentissait un
peu. Il y avait aussi de ce côté-là de grandes dis-
sensions; c'était un mélange de blancs, de rouges

et de tricolores, qui ne pouvaient s'entendre, et à chaque instant le bataillon qui marchait en avant se retournait pour voir si celui qui venait par derrière n'allait pas lui tirer des coups de fusil dans le dos. Les insurgés descendaient par milliers des barrières Blanche et des Batignolles. La barricade ainsi défendue semblait invincible. Les balles tirées par la troupe s'écrasaient sur les pierres, les insurgés se couchaient à terre et tiraient à coup sûr par l'interstice des pavés arrangés en meurtrières. Charles était au premier rang. Chaque homme visé par lui tombait.

Un moment il s'arrêta. Un sourire de joie passa sur ses lèvres; il venait de voir Roger de l'autre côté du boulevard, et l'avait entendu dire à ses hommes :

— Nous laisserons-nous battre par cette canaille? Allons, en avant, et chargez-moi tout cela à la baïonnette!

— Laisons-les avancer, dit Charles en s'effaçant. Il y a à leur tête un beau que je veux voir de près et en face; j'ai une dette à lui payer.

Le mot d'ordre passa de bouche en bouche; on

laissa avancer. Les insurgés se rasèrent comme des lièvres. Roger crut le moment propice. Il s'élança sur la barricade ; ses hommes le suivirent. On leur laissa faire l'assaut, mais lorsqu'ils arrivèrent au sommet, les insurgés se relevèrent comme un seul homme.

— Feu ! cria Charles, de manière à ce que Roger entendît bien qu'il était le chef des révoltés ; et le bruit d'une détonation générale fendit l'air.

Un nuage de fumée enveloppa les combattants comme s'ils fussent enveloppés d'un linceul. Lorsqu'il se dissipa, il n'y avait plus un seul homme debout sur la hauteur ; tous avaient roulé, soit en dehors, soit en dedans... Charles regarda autour de lui avec anxiété ; il passa plusieurs fois sa main sur ses yeux. Sa vue était trouble ; les fumées du vin, la fatigue, l'empêchaient de distinguer les choses qui l'entouraient. Il chancela en montant à son tour sur les pavés, et tout le temps que dura cette revue, il éprouva une véritable angoisse.

— Pourtant, se disait-il, il doit être tombé en dedans de la barricade, il s'était plus avancé que les autres.

En effet, il aperçut Roger qui gisait dans une mare de sang.

— Il est mort, murmura Charles en lui prenant la main pour s'assurer que tout était bien fini.

Cette main se crispa convulsivement et serra la sienne à la briser, puis faisant un effort pour se soulever, Roger poussa un soupir, et ouvrit les yeux.

— Vous ! murmura-t-il en reconnaissant Charles; tant mieux, quand l'ennemi est à terre, la haine est finie, n'est-ce pas ? Ce sont les chances de la guerre civile. Vous ne m'aimiez pas, moi, mais vous auriez pu être mon ami. Rendez-moi un service. Faites déposer mon corps dans un coin, et quand tout sera fini, faites-moi reporter chez ma mère. Vous n'êtes pas jaloux des morts ? reprit Roger en essayant de sourire; mais la douleur lui arracha un gémissement, et il retomba en arrière.

— On le regrettera, pensa Charles en repoussant la main de son rival avec colère, on le pleurera.

Il fit signe à un homme d'approcher.

— Aide-moi, dit-il, à l'emporter de là, je connais

sa famille. Nous allons le déposer dans la cité Bergère avec les nôtres.

On plaça Roger à terre, le dos appuyé au mur, comme s'il était assis, et on le laissa après l'avoir examiné de nouveau et s'être dit :

— Il est bien mort! c'est dommage qu'il n'ait pas été des nôtres; il était brave !

Charles avait le cœur ébranlé ; il but un grand verre d'eau-de-vie pour se ranimer; cela lui donna la fièvre, le délire.

Il se voyait déjà au pouvoir, écrasé sous le poids des grandeurs, aimé de Laure, envié des hommes.

La nuit vint encore une fois apporter aux combattants quelques heures de trêve, tous étaient brisés de fatigue. Depuis deux jours et deux nuits, Charles n'avait pas fermé les yeux; il s'était nourri de fumée, de poudre et d'alcool; cela peut suffire à l'imagination, mais le corps a un besoin matériel auquel il faut céder bon gré, mal gré. Après quelques heures de repos, lorsque la surexcitation à travers laquelle il avait vu les choses fut un peu dissipée, il envisagea l'avenir sous des couleurs moins souriantes.

Roger ne serait plus là, il est vrai, pour lui faire de l'ombre, mais on allait le regretter; il avait l'avantage d'être mort en héros; on en ferait une victime, et qui sait si l'on ne s'obstinerait pas à aimer son ombre !

— Allons, dit-il, je vais accomplir mon devoir en faisant prévenir sa mère; il est venu à moi, c'était sa destinée.

Il tira un portefeuille de sa poche et traça quelques lignes à la hâte adressées à M. Martin. Un de ses hommes se chargea de porter le billet de Charles.

Personne ne s'était couché chez Mme Maubel depuis deux jours. Sophie faisait des neuvaines; elle avait égrené son chapelet mille fois sans pouvoir retrouver le courage. Chaque détonation la faisait trembler comme une feuille; elle promettait à Dieu d'être bonne à l'avenir si elle échappait au danger qui la menaçait.

M. Martin était le seul homme qui fût resté dans la maison; mais il avait toutes les qualités, excepté le courage, et il se désolait en disant :

— Je connais les jeunes gens; quand ce sont les

idées politiques qui les poussent, ils deviennent fous à lier. Les hommes s'entre-tuent. Roger reviendra peut-être; mais Charles est mort, à l'heure qu'il est.

Mme Maubel était assise dans sa chambre, le front appuyé contre les carreaux de sa croisée. La pauvre femme était méconnaissable. Sa tête presque chauve, son front ridé, ses yeux ternes, ses lèvres pâles, lui donnaient l'air d'un spectre.

Laure était près d'elle, ses yeux étaient rouges, on voyait qu'elle avait beaucoup pleuré.

— Je vous en prie, madame, dit-elle d'une voix suppliante, quittez cette place. Une balle a brisé cette vitre, une autre pourrait vous atteindre! Pensez au chagrin de M. Roger, s'il vous retrouvait blessée!

— Reculez-vous et laissez-moi, répondit Mme Maubel avec amertume; je n'ai pas peur, j'attends mon fils.

— Je n'ai pas peur pour moi, madame, repartit Laure en se rapprochant; si vous restez là, j'y resterai.

— Pardonnez-moi, reprit Mme Maubel en serrant

affectueusement la main de la jeune fille; la douleur me rend injuste ! C'est que, voyez-vous, je ne sais plus si j'existe ! il me semble que mon cœur ne bat plus, que mon sang a quitté mes veines. Vous êtes une bonne créature, une amie sincère, un cœur dévoué! je suis ingrate, car sans vous je serais morte, je n'aurais jamais pu supporter les angoisses de ces deux mortels jours. Je n'avais pas compris ce que valait votre cœur, Laure! le bon Dieu punit ceux qui veulent offenser des âmes comme la vôtre. Je vais devenir folle, si mon fils ne revient pas. Il est mort, allez! il se sera fait tuer pour la patrie, comme ils disent. L'amour de la patrie! mots inventés par des ambitieux pour désespérer les mères. S'il n'était pas mort, mon Roger, il ne me laisserait pas ainsi en proie au désespoir, il comprendrait mon inquiétude.

— Madame, murmura Laure en tombant à genoux et cachant sa figure dans ses mains, ayez pitié de moi, ces paroles me brisent le cœur.

— Ah! oui, répondit Mme Maubel en attirant la jeune fille auprès d'elle. Tu comprends mes douleurs, tu l'aimes aussi, toi! Eh bien! où souffres-tu?

As-tu un pressentiment? Reviendra-t-il? Voyons,
réponds-moi... Écoute! s'il revient, nous le garde-
rons à nous deux, nous ne le laisserons plus ressortir; nous lui dirons combien nous avons été
malheureuses, que le coup qui l'aurait frappé nous
aurait tuées toutes les deux. On a sonné à la porte
de la rue! Laure, relève-toi, cours, les forces me
manquent; il n'y a que mon cœur qui puisse aller
au-devant de lui. Si c'est mon Roger je te le donne,
entends-tu! tu seras sa femme. Va, mais va donc,
je meurs.

Laure partit d'un pas chancelant. Une voix mys-
térieuse lui avait dit : Ce n'est pas lui. Elle rencontra M. Martin, qui montait un papier à la main.

— Mon enfant, ma pauvre enfant, si vous saviez
quel malheur! Ils se sont rencontrés, l'un d'eux est
mort!

— Lequel? s'écria Laure en lui arrachant le papier des mains et lisant d'une voix frémissante le
billet écrit par Charles :

« Cher monsieur Martin,

» Depuis deux jours, nous combattons pour l'indépendance de nos idées, la liberté du peuple. Si belles, si grandes que soient les idées humanitaires, on ne peut vaincre sans combattre, ni combattre sans verser de sang. Les morts ont souvent autant de gloire que les vivants. Je dois rendre justice à M. Roger Maubel : il s'est conduit en brave ; il m'a serré la main en mourant et m'a chargé du soin de prévenir sa mère. C'est vous que cela regarde ; triste mission à remplir ! Apportez-y tous les ménagements. »

— C'est impossible ! s'écria Mme Maubel, que l'impatience avait amenée sur le pallier, où elle avait tout entendu ; cette lettre est fausse, ou plutôt, non, je devine... reprit-elle avec égarement et en fixant sur Laure des yeux étincelants ; Charles, Charles... c'est le nom de cet homme qui vous aime ! c'est lui qui a tué mon fils par jalousie ! Il était votre amant, sans doute. En temps de révolution, le crime est impuni ; oui... oui, c'est votre faute, on m'avait prévenue, vous m'avez porté malheur ! Oh ! sortez, sortez d'ici ! vous êtes une malheureuse, un serpent, vous saviez qu'on le tuerait, et vous ne me l'avez pas dit !

— Madame, murmura Martin en joignant les mains, la douleur vous égare, revenez à vous, elle est innocente, et vous l'accablez.

— Il n'y a pas d'innocents, reprit la mère de Roger en s'exaltant de plus en plus, il n'y a que des assassins, et vous êtes leurs complices. Je veux voir mon fils, je saurai bien le retrouver, mort ou vif, je veux le voir...

— Y pensez-vous, madame? interrompit M. Martin en lui barrant le passage; la barricade du faubourg Montmartre monte à la hauteur d'un premier, et l'homme qui m'a remis cette lettre m'a dit que le corps de notre pauvre Roger était dans la cité Bergère; il serait impossible d'y arriver en ce moment.

— Une mère arrive partout, répondit Mme Maubel en faisant un effort pour se dégager.

Mais les forces lui manquèrent tout à coup, elle tomba sans mouvement.

On la transporta sur un lit.

— Ne la quittez pas une minute, murmura Laure bas à l'oreille de Sophie qui entrait son chapelet à la main. Donnez-lui des soins d'abord, vous prierez ensuite, car nous avons tous besoin qu'on prie pour nous. Je pars; moi aussi je veux revoir M. Roger. Si c'est Charles qui l'a tué, malheur à lui, je sais comment me venger !

CHAPITRE XXV

En disant ces mots, Laure était partie comme un trait, laissant Martin et Sophie anéantis.

Le jour se levait à peine à l'horizon, le feu des bivouacs établis de distance en distance, sur la chaîne des boulevards, éclairait les objets d'une façon si étrange, que Laure recula épouvantée. Les dragons étaient enveloppés de leurs manteaux gris et se promenaient sans qu'on les entendît marcher. Les chevaux se serraient les uns contre les autres pour se réchauffer, mangeant par besoin ou par ennui les écorces des arbres qui se trouvaient encore debout.

— On ne passe pas ! dit un soldat en barrant le chemin à Laure au moment où elle allait quitter la rue du Sentier pour traverser le boulevard.

— Il faut que je passe, répondit-elle avec calme, je veux aller dans la cité Bergère.

— Impossible ! personne ne peut circuler, c'est la consigne.

— Monsieur, continua Laure en rougissant un peu du mensonge qu'elle allait faire, la consigne fera peut-être une exception en ma faveur ; mon *frère* est tombé au pouvoir des insurgés, et je me suis promis de le ramener à sa mère.

Le planton la regarda.

— Je ne puis rien permettre, moi, dit-il après une pause. Tout ce que je puis faire, c'est de vous conduire près de mon officier.

Laure le suivit, et réitéra sa demande avec calme.

— Mais il y a un grand danger, mon enfant, répondit l'officier en la regardant à son tour ; et quand même je vous laisserais traverser le boulevard, la rue Rougemont, vous n'arriveriez pas ; les communications sont coupées rue Bergère.

— Je demanderai à d'autres ce que je vous demande à vous, répondit Laure, et j'arriverai.

— Je vous le souhaite, reprit l'officier, en donnant des ordres pour qu'on la laissât passer.

La même scène se renouvela dix fois, la dernière fut la plus pénible de toutes; il fallait franchir un point gardé par les insurgés, qui, par esprit d'imitation, s'étaient coiffés du bonnet des sans-culottes et se donnaient des airs de bourreaux en fumant leur pipe.

Ainsi affublés, il se prenaient pour des héros de 93 et espéraient inspirer une grande terreur; ils se promenaient de long en large sur une barricade où ils enrageaient de n'avoir à garder que des pavés qu'on n'attaquait pas.

— Tu veux passer, citoyenne? lui cria l'un d'eux. Soit, mais il faut payer. Deux baisers à chacun de nous, je commence.

Comme il s'approchait, Laure recula:

— Tu fais ta mijaurée, reprit l'homme en ramassant sa pipe et remontant sur sa baricade. Tu es

peut-être une aristo, tu ne passeras pas. Ce frère-
là m'a tout l'air d'un amoureux.

Laure eut un moment d'hésitation, de découra-
gement, son pauvre cœur tremblait dans sa poitrine
à l'idée d'être embrassée par des hommes qui ne
rabattraient rien de leurs exigences ; elle prit la fuite
mentalement, mais une volonté plus forte que la
sienne la retint clouée à sa place ; la destinée était
là.

— Je suis ouvrière, répondit Laure en montrant
sa main ; regardez mon doigt, il est mutilé par les
piqûres de l'aiguille ; laissez-moi passer, je vous en
supplie.

— Embrasse-nous, répondit l'homme en retirant
de nouveau sa pipe de sa bouche.

— Soit, murmura-t-elle d'une voix étouffée, mais
vous seul.

— Tu as bon goût, répondit le fumeur en essuyant
sa bouche du revers de sa manche. Allons, passe et
prends garde de te casser le cou ou d'attraper une
prune de plomb ; ça chauffe dur là-bas.

Laure était enfin dans la cité Bergère, mais ses
forces l'abandonnèrent, son cœur se souleva de dé-

goût et d'effroi ; un affreux seectacle venait de s'offrir à sa vue : elle était entourée de morts et marchait dans le sang. Elle s'appuya à une porte, il lui sembla que tous ses muscles venaient de se rompre à la fois et qu'elle allait mourir au milieu de ces êtres mutilés.

Le souvenir de Roger ranima pourtant son courage ; elle fit un effort suprême pour détacher ses pieds qui semblaient cloués au sol.

— Allons, murmura-t-elle, il le faut.

Et elle se baissa pour examiner un à un tous ces malheureux que des blessures avaient défigurés. Impossible de décrire ce qu'elle éprouva en passant cette horrible revue, qu'elle recommença pourtant dix fois.

— Roger n'y est pas ! s'écria-t-elle enfin ; on nous avait trompés. Charles a menti, il a voulu... Mais si j'avais mal vu ! reprit-elle en cherchant encore ; cette incertitude est au-dessus de mes forces. Si l'on avait porté Roger chez sa mère ! Ah ! le doute me tue ! Il faut que je voie Charles, que je lui parle.

Des milliers d'hommes étaient entassés dans le

faubourg Montmartre; de fréquentes détonations annonçaient qu'on se battait encore.

Laure renonça vingt fois à son projet, il lui paraissait impossible de trouver Charles au milieu de cette mêlée, mais elle s'était trop avancée, il lui fut impossible de reculer. Une grande rumeur se fit tout à coup, des insurgés se faisaient faire place, ils portaient des blessés aux ambulances; Charles les aidait à se frayer un passage.

— Charles! s'écria la jeune fille, en s'élançant vers lui et lui saisissant le bras, où est monsieur Roger Maubel?

— Est-ce pour le revoir que vous bravez ainsi le danger? demanda Charles avec ironie; je ne vous savais pas si courageuse ou si impudente.

— Pensez tout ce qu'il vous plaira, répondit Laure avec fermeté; je veux savoir où il est.

— Chez les morts!

— Tu l'as donc assassiné? s'écria Laure en s'éloignant avec horreur.

— Ai-je tué tous les gens que vous voyez emporter? répondit Charles, indigné d'être soupçonné d'un crime.

— Oh! je ne les aimais pas ceux-là! a haine n'avait à leur demander compte de rien.

— Laure, vous perdez la raison, vous ne pouvez rester ici. Retournez chez Mme Maubel, et tâchez de la consoler, car je vous le répète, elle ne reverra plus son fils.

— Est-ce que je puis consoler personne, moi? répondit Laure d'une voix sourde et en serrant à les briser ses mains jointes; j'ai le désespoir dans l'âme. Maudit, qui donc vous a jeté sur ma route pour me torturer? Je ne vous aimais pas; à présent je vous hais. Vous avez cru, sans doute, que, lui mort, je reviendrais à vous; mais n'eût-il jamais existé, je ne vous aurais jamais aimé. Votre âme est envieuse, méchante. Chaque jour, vous cherchiez à détruire mes croyances, mes illusions; vous m'avez fait vieillir avant l'âge, vous n'aimez au monde que votre orgueil; l'ambition, l'envie, voilà les seuls sentiments qui vous ont fait agir, qui ont armé votre bras. On ne sert pas son pays en le mettant à feu et à sang. Je vous méprise!

— Laure, s'écria Charles pâle de colère, vous devenez folle!

— Parce que j'ai connu un fou. Quest-ce que cela
fait si ma folie parle raison? Oh! je n'ai pas peur de
vous, allez! Tuez-moi, j'irai retrouver celui que
j'aime!...

En ce moment, une décharge venant du boulevard mit tout le monde en émoi ; les insurgés se re-
culèrent. Charles prit Laure par le bras et voulut la
forcer à la retraite.

—Ne me touchez pas! s'écria-t-elle en pâlissant ;
vous me faites horreur ! Votre courage s'abrite derrière les pavés, vous tuez à coup sûr et sans danger ;
c'est de l'héroïsme, cela ! On en parlera dans l'histoire. Oh! fit-elle, en appuyant ses deux mains sur
sa poitrine pour comprimer une grande douleur, je
n'avais pas si longtemps à vivre, pourquoi m'avoir
tant fait souffrir ! J'étouffe!... je meurs !...

Ses yeux se voilèrent, un flot de sang s'échappa
de ses lèvres pâles! Charles la reçut dans ses bras
et l'emporta comme une enfant sans proférer une
plainte ; mais ce morne silence en un pareil moment
peignait mieux l'étendue de sa douleur que des gé-
missements n'auraient pu le faire. Il était frappé de
stupeur, d'immobilité.

Il avait déposé le corps de la jeune fille à la place où quelques heures plus tôt il avait placé celui de Roger.

— Ils avaient raison! s'écria-t-il après un long silence ; je suis fou, fou et maudit! Non, non, répéta-t-il en se frappant le front avec rage ; j'aurais voulu qu'elle m'aimât! voilà tout! Oh! comme je souffre!... Mon Dieu! ayez pitié de moi si je vous ai offensé.

Charles était à genoux, il laissait échapper des sanglots à réveiller les morts.

Tout était fini, la troupe fraternisait avec le peuple, la foule se dispersait un peu.

En revenant à elle, Mme Maubel s'était levée en disant :

— Je vais chercher mon fils.

Martin eut beau tenter de la retenir, rien ne put ébranler sa résolution, elle partit peu de temps après Laure.

— Eh bien! je vais avec vous, avait dit le teneur de livres en faisant violence à la timidité qui faisait le fond de son caractère ; mais nous faisons une grande imprudence.

Les poltrons sortaient des caves où ils s'étaient

cachés ; les peureux sortaient de leurs maisons ; à peine pouvait-on faire un pas ; toutes les rues étaient encombrées. Le danger passé, chacun veut avoir l'air d'y avoir pris part, d'être brave.

Mme Maubel et Martin arrivèrent enfin à la Cité Bergère. La mère de Roger poussa un grand cri, elle venait d'apercevoir Charles et Laure que des curieux entouraient sans mot dire, tant le pâle visage de cette pauvre enfant et le désespoir du jeune homme inspiraient de tristesse et de respect !

— Morte ! dit-elle en passant sa main sur le front de la jeune fille ; misérable ! tu l'as donc tuée aussi ? Où est mon fils ?

Charles parut se souvenir ; il regarda autour de lui.

— Il était là, murmura-t-il en désignant une place vide ; c'est pour lui qu'elle est venue !

— Elle n'est pas morte ! s'écria Martin qui avait appuyé sa main sur le cœur de Laure, elle n'est pas morte !

Mme Maubel avait regardé partout.

— Il n'est pas là, dit-elle à Charles; qui donc l'a pris?

— Pauvre fille! murmurait Martin en serrant la main de Laure dans les siennes; sa vue me fend le cœur! aide-moi à l'emporter! Mais où est donc mon maître?

Charles ne répondit pas, il ne savait rien.

On prodigua des soins à Laure. Lorsqu'elle rouvrit les yeux, elle vit qu'on l'emportait sur un brancard, mais elle ne put articuler une parole.

CHAPITRE XXVI

Voici ce qui s'était passé :

Après avoir déposé le corps de Roger dans la cité, Charles partit. Au moment où il s'éloignait, une fenêtre s'ouvrit et une femme regarda au dehors. Cette femme n'était autre que Mme Bussy. Son mari était allé retrouver sa légion et personne ne savait quand il pourrait rentrer chez lui. Elle vit apporter Roger, et descendit avec sa domestique qui l'aida à le monter chez elle. Il n'était qu'évanoui ;

à force de soins, elle le rappela à la vie; il murmura:

—Si je ne suis pas mort, je n'en vaux guère
mieux! je souffre le martyre! je dois avoir tous les
os brisés !

Il avait reçu deux balles. L'une était restée dans
la hanche, l'autre avait traversé le bras droit.

Mme Bussy avait envoyé chercher des chirur-
giens, puis comme personne ne venait, elle descendit elle-même pour demander un médecin aux
ambulances. Elle vit alors Mme Maubel et l'en-
traîna chez elle sans prendre le temps de lui expliquer un mot. Martin la suivit, ne comprenant
plus rien à tout ce qui s'était passé.

Lorsque le médecin arriva, Roger le supplia de
lui couper la jambe, tant il souffrait.

Après l'extraction des balles, le docteur déclara
qu'il était impossible de transporter le blessé chez
lui avant que les appareils fussent levés, qu'il craignait malgré tous ses soins une boiterie de la
hanche.

Mme Bussy pria Mme Maubel de regarder sa maison comme la sienne, l'assurant à l'avance que son

mari serait enchanté comme elle-même de donner tous ses soins au meilleur de ses amis. Mme Maubel, qui du reste n'avait pas le choix des moyens, resta près de son fils.

Lorsque sa maîtresse fut installée près de son jeune maître, Martin vint voir la pauvre Laure! on l'avait portée dans sa petite chambre. Sophie lui avait prodigué quelques soins, mais il fallait monter cinq étages et cela jeta beaucoup de froid dans l'empressement qu'elle avait eu tout d'abord.

Laure avait le délire, elle ne reconnaissait personne.

Martin fit prévenir Mme Benoît; elle arriva avec Mouton et se mit à sangloter si fort en voyant Laure que le chien se mit à hurler. Martin voulut rassurer la jeune fille en lui racontant par quel miracle Roger avait été sauvé, mais elle ne le comprit pas.

Le médecin qu'on avait fait appeler la regarda attentivement.

—Elle aurait pu vivre encore deux ans! dit-il en poussant un soupir; pauvre fille! si jeune!...

— N'avez-vous pas d'espoir? demanda Martin en l'interrogeant du regard.

Le médecin secoua la tête négativement.

— Ne dites pas cela, s'écria Mme Benoît; il doit y avoir quelque chose à faire; cherchez... vous êtes médecin !

— Les médecins sont mortels comme les autres, répondit le docteur avec tristesse; j'ai perdu une fille de son âge, et quand un père ne sauve pas son enfant, c'est que Dieu ne le veut pas !

Pendant dix jours, le docteur vint presqu'à toutes les heures; le onzième jour, la fièvre cessa ! Laure reconnut ceux qui l'entouraient.

Mme Benoît avait passé toutes les nuits; le premier sourire de Laure fut pour elle.

— Je dois avoir dormi longtemps ! murmura la malade.

Mouton lui léchait la main; elle le flatta et poussa un soupir si profond qu'il ressemblait à un gémissement.

— Tu souffres beaucoup, ma pauvre fille ! lui dit la bonne femme d'une voix tremblante; je voudrais pouvoir prendre la moitié de ton mal, mais cela ne se peut pas, et il faut avoir du courage.

— Je n'ai plus de forces, répondit Laure dont les joues venaient de s'inonder de larmes ; pauvre Roger !

Mme Benoît lui raconta comment il avait été sauvé.

— Il est chez elle ! murmura Laure ; il l'aimera davantage pour les soins qu'elle lui donne ! Ah ! si vous m'aimez, priez Dieu qu'il me reprenne de suite ! Le croyant mort et cédant à mon désespoir, j'ai tout avoué... mes souffrances... mon amour ! Que me resterait-il maintenant ? la honte, le ridicule. Mon Dieu ! je croyais ne vous avoir jamais offensé... Je veux fuir cette maison ! Emmenez-moi... emmenez-moi... je vous en supplie ! Ah ! Charles ! Charles ! comme vous êtes vengé !

— Charles ! répondit Mme Benoît, il ne pense guère à la vengeance, le pauvre garçon ! Il est en bas, il ne quitte plus la porte, et dit que, si tu ne lui pardonnes pas, il se tuera !

— Est-ce qu'on peut pardonner le mal que l'on a

fait? Pauvre frère! c'est lui qui doit me pardonner!
Je l'ai fait souffrir du trop plein de mes douleurs!
son esprit était faux, son cœur était bon; j'aurais
pu ramener l'un par l'autre. Insensée!... je l'appe-
lais fou!... Qu'il vienne!... je veux mourir la main
dans la sienne! C'était l'ami, le soutien que Dieu
m'avait envoyé!... J'ai méconnu son amour, j'ai
refusé de m'appuyer sur son bras, et mon cœur est
tombé dans l'abîme!... Puisse ma mort, mon repentir et mes prières faire remonter mon âme auprès
du Créateur! Je désire avoir un prêtre!... il faut
qu'il se hâte s'il veut arriver à temps! murmura-
t-elle d'une voix faible.

Les mourants ont souvent, une minute avant la
mort, des pensées viriles, lucides, qui désespèrent
ceux qui les écoutent.

Mᵐᵉ Benoît se leva et sortit après avoir serré la
main de la jeune fille. Charles était assis dans la
cuisine, ses deux coudes appuyés sur la table et la
figure cachée dans ses mains; Sophie le regardait.

En voyant Mᵐᵉ Benoît, elle leva les épaules; puis,
regardant le ciel, elle sembla dire :

— Celui-là est plus à plaindre que ceux qui s'en vont!...

Mᵐᵉ Maubel était venue voir Laure plusieurs fois, elle avait bien recommandé qu'on ne la laissât manquer de rien, mais elle était tellement absorbée par la crainte qu'elle avait pour son fils, qu'elle était presque indifférente à tout ce qui n'était pas lui.

— Mon ami, dit enfin Mᵐᵉ Benoît, en frappant sur l'épaule de Charles, Laure veut vous voir!

Le jeune homme se leva comme mû par un ressort, ses yeux semblaient retrouver l'éclat de la vie, ses lèvres commencèrent un sourire de joie, il fit un mouvement pour se diriger vers la porte.

— Ne vous réjouissez pas! reprit en l'arrêtant Mᵐᵉ Benoît; allez chercher un prêtre!...

Charles se recula.

— Allez, mon enfant! ajouta-t-elle, en lui prenant la main; qu'il vienne vite! vous monterez avec lui!

— Est-elle si près de la fin? demanda Mᵐᵉ Maubel, qui était entrée sans qu'on la vît.

— Je ne pourrai jamais! s'écria Charles, en se

laissant tomber lourdement sur la chaise qu'il avait quittée ; si elle meurt, je veux mourir !

— Je vais y aller, moi ! dit à demi-voix Sophie ; veillez sur lui, vous savez qu'il est fou !...

Mme Maubel hésita un peu ; Charles avait été l'ennemi de son fils ! mais en présence de cette grande et profoude douleur, son âme se dé-tendit.

— Montez avec moi, lui dit-elle doucement ; la mort n'attend pas !

Charles la regarda, s'essuya le visage et la suivit en mordant son mouchoir pour étouffer ses sanglots.

Mme Benoît ouvrit la porte avec précaution, Charles et Mme Maubel s'arrêtèrent sur le seuil.

Laure ne les entendit pas, elle était couchée sur le dos, ses yeux étaient ouverts et semblaient encore plus grands que de coutume. Son regard était at-taché au plafond avec une fixité effrayante, ses mains convulsivement serrées étaient jointes sur sa poitrine ; sans un frémissement qui agitait ses lèvres, on l'aurait cru morte !

Charles voulut s'élancer vers elle, Mme Maubel

lui fit signe de rester à sa place. Elle s'avança doucement, Laure tourna les yeux de son côté, ses
joues se colorèrent subitement, puis la pâleur de la
mort revint prendre sa place et jeter ses teintes
livides sur ce pauvre visage qui cherchait à sourire
à la vie. Elle passa plusieurs fois sa langue sur le
bord de ses lèvres, ses nerfs étaient déjà raidis...
Elle remua le menton sans pouvoir articuler une
parole... elle poussa un soupir rauque qui ressemblait à un gémissement... mais ses yeux interrogèrent Mme Maubel d'une façon si expressive, que
la mère de Roger devina la pensée de la mourante.
Elles regarda Charles à la dérobée, puis elle se
pencha vers Laure et lui dit à demi-voix :

— Ma pauvre enfant ! ma fille !... je venais le
cœur plein de joie vous dire que mon Roger était
sauvé et que sa première pensée avait été pour
vous !...

Elle eut un tressaillement nerveux, ses doigts
s'agitèrent dans la main de Mme Maubel, son cœur
battit, et elle murmura : Merci ! en fermant les yeux
pour se recueillir et se répéter sans doute les
paroles qu'on venait de lui dire !... Un sanglot de

Charles la tira pour un instant de sa léthargie...
elle le regarda et chercha à se soulever sur son
coude... Mme Maubel l'aida... Mme Benoît était restée
comme une statue debout au pied du lit!... En ce
moment, la porte s'ouvrit et un enfant de chœur
portant la croix entra suivi d'un prêtre.

Sophie et Martin restèrent sur le carré.

Mme Maubel fit signe à Charles de sortir avec
elle.

Laure fit le signe de la croix, baisa le crucifix et
dit :

— Oh ! vous pouvez entendre ma confession,
allez ! je n'ai péché que par pensée !...

Malgré cela, ils allèrent s'agenouiller sur le carré,
mais la porte resta ouverte.

— Dieu vous pardonnera, mon enfant ! murmura
le prêtre en joignant les mains et levant les yeux
vers le ciel. Je le prierai longtemps pour vous, ma
pauvre Laure, comme je l'aurais prié pour votre
mère si j'avais encore été dans votre paroisse quand
son âme meurtrie s'est envolée là-haut !

— Je vous reconnais, mon père ! dit enfin Laure
après avoir écouté les paroles du vieillard comme

on écoute une musique céleste ; puis, appuyant sa
tête sur les mains du prêtre, elle y colla ses lèvres
déjà si froides qu'elles n'avaient plus la force de
donner un baiser à cette vénérable main qui lui
avait présenté l'hostie sainte le jour de sa première
communion.

Un cri s'échappa enfin de la poitrine de Laure ;
elle eut un moment d'extase qui lui montra le ciel
ouvert ; sa chambre s'éclaira subitement, elle se
crut à l'église... Des jeunes filles l'entouraient et
chantaient des cantiques pour l'annoncer à Dieu !...
elles lui mettaient sur la tête une couronne qui brillait sur son front comme l'auréole qui ceint celui des
martyrs !... Au milieu de toutes ces ombres blanches, une femme la regardait en souriant... sa figure
était calme, résignée !...

— Ma mère ! murmura Laure en étendant les
bras.

La vision disparut.

— Prions, mon père ! prions ! dit Laure en cherchant à distinguer les objets qui l'entouraient ;
prions ! je suis pressée de partir ! Ma mère m'attend !...

Il y eut quelques minutes de silence. Laure reçut les sacrements. Le prêtre quitta la chambre en y laissant des larmes et des regrets sincères.

Si les prières de l'homme qui consacre sa vie à la religion peuvent rendre le chemin du ciel facile, Laure dut y remonter portée par des anges.

Tout le monde rentra dans la chambre et s'approcha près du lit sans proférer une parole. La douleur était si bien partagée qu'il était, du reste, inutile de dire un mot pour se comprendre.

Charles s'était appuyé au pied du petit lit en fer sur lequel Laure était étendue comme le sont les statues qu'on place sur les tombeaux.

— Je vous sais là, Charles ! dit-elle doucement ; mais je ne vous vois plus !

Elle souleva sa main et chercha dans le vide... Charles s'empara de cette main et se mit à genoux près du lit.

— Vous m'entendez, n'est-ce pas ? Écoutez-moi avec votre cœur ! Je veux que vous renonciez à toutes les folles idées qui ont été la cause de mon aversion pour vous !

— Je veux mourir ! répondit Charles en pressant la main de Laure sur ses lèvres.

Les doigts engourdis de la jeune fille cherchèrent à s'appuyer sur le front de son ami d'enfance comme si elle voulait y faire entrer ses recommandations.

— Vous avez pris les armes contre votre pays, servez-le maintenant ; faites-vous soldat.

— Laure ! s'écria Charles, qui eut une lueur d'espérance, je vous jure de faire tout ce que vous exigerez de moi.

— Vous l'avez mis en un si triste état, ce pauvre pays, reprit Laure en souriant d'un de ces sourires qui ressemblent à ces rayons de soleil traversant la nue quand le ciel est gros d'orage ; qu'il aura besoin de vous !

— Laure ! Laure ! répéta Charles avec égarement ; ayez pitié !...

— Notre mère adoptive va me demander là-haut comment j'ai rempli la promesse que je lui avais faite !... si vous me refusiez, je croirais que vous ne m'avez jamais aimée... et je mourrais...

— Vous ne mourrez pas, Laure ! s'écria Charles en la voyant pâlir ; au nom du ciel ! luttez un peu !

c'est le chagrin qui vous tue !... Madame, s'écria-
t-il en se levant et s'adressant à Mme Maubel, qui,
pâle, immobile, osait à peine respirer ; dites-lui donc
que vous lui donnerez votre fils puisqu'elle l'aime !...
mais, moi, je donnerais ma vie pour la faire vivre
une heure !... Prenez garde ! si vous n'avez pas
pitié d'elle, Dieu n'aura pas pitié de vous !... Laure!
Laure ! ajouta-t-il en se penchant à l'oreille de la
jeune fille, il vous aimera, vous épousera où je le
tuerai !... m'entendez-vous, Laure ?... Oh ! souriez-
moi où je vais devenir fou !

— Si vous ne l'étiez pas, répondit Mme Benoît en
s'approchant, vous ne la tourmenteriez pas ainsi...
elle a perdu connaissance !

CHAPITRE XXVII

Charles avait pris la tête de la jeune fille dans ses deux mains, il la regarda avec une fixité effrayante, puis il la laissa retomber en arrière et resta immobile comme un être pétrifié.

— Tout est fini ! dit Mme Maubel bas à Martin ; il faut l'emmener, ajouta-t-elle en lui désignant Charles ; Pauvre enfant ! joies et douleurs, tout est fini pour elle !

— Pour moi aussi ! répondit Charles en la regardant toujours ; c'est mon âme qu'elle emporte ! je

n'ai aimé qu'elle au monde! je suis seul maintenant! mon Dieu! mon Dieu! donnez-moi la résignation où je vais vous accuser de cruauté!

— Elle est morte résignée, elle qui a tant souffert! répondit Martin à voix basse; souvenez-vous
de ses dernières paroles! elle ne vous voit plus, ne
peut plus vous répondre, mais elle sait ce que vous
pensez, soumettez-vous à la destinée comme tout
bon chrétien doit le faire, sans la discuter, l'accuser! Le ressort de cette pauvre âme s'est brisé sans
douleur! voyez! elle sourit au néant matériel! Venez, venez! votre place n'est plus ici.

Charles se laissa entraîner hors de la chambre par
Martin et Sophie.

— Il faut que je retourne près de mon fils! dit
en pleurant Mme Maubel; je ne veux pas qu'on lui
dise...

Elle alluma deux bougies, les plaça sur la table,
arrangea avec soin sur la poitrine de la morte le
crucifix d'argent appendu au chapelet bénit que
Sophie avait passé religieusement autour du cou de
la jeune fille; puis, prenant des ciseaux, elle coupa
à Laure une boucle de ses cheveux ondés et soyeux

22.

qui s'étaient déroulés sur ses épaules, et lui faisaient
un coussin brun sur lequel ressortait encore plus
l'effrayante pâleur de la mort.

— C'est pour lui ! murmura à demi-voix la mère
de Roger en baisant Laure au front ; prie pour nous !

— Voulez-vous que je vous envoie quelqu'un ?
demanda-t-elle à Mme Benoît qui, absobée dans
sa douleur, semblait ne rien voir, ne rien comprendre.

— Oui, envoyez-moi le médecin des morts ! après,
je veux la veiller seule !

Lorsque Mme Maubel fut partie, Mme Benoît plaça
une chaise près de Laure, et dit en arrangeant avec
soin les draps du lit :

— Je ne te couvrirai pas le visage ! tu ne me fais pas
peur, mon pauvre ange ! tu souris, tu vas revoir ta
mère ! Que l'autre vie te soit meilleure ! ajouta-
t-elle en caressant le front de Laure et arrangeant
ses bandeaux qu'elle jeta en arrière ; puis, après
quelques minutes de contemplation, elle reprit :
— Pauvre Charles qui l'aimait tant ! c'est lui qui
doit avoir un souvenir !

Elle prit les ciseaux dont Mme Maubel s'était servi

quelques minutes plus tôt et coupa des cheveux
à Laure, elle eut soin de les prendre sur le derrière
de la tête pour ne pas déparer celle qui allait paraître devant Dieu !

Mouton fit un mouvement et battit de sa queue
le pied de la chaise ; Mme Benoît l'avait oublié, elle
jeta un cri et faillit se trouver mal de peur ! le chien
avait vu toutes ces entrées et ces sorties sans bou-
ger, son regard seulement cherchait à rencontrer
celui de sa maîtresse pour lui demander compte de
tout ce qui venait de se passer. Comme elle ne
semblait pas disposée à s'occuper de lui, il se
coucha à ses pieds et reprit son immobilité ; il ne
voulut ni boire ni manger. Le lendemain seulement,
lorsqu'il vit entrer les croque-morts portant la bière,
il poussa des hurlements épouvantables ; on le
battit, il s'en alla gémir dans un coin, mais on ne
put le faire taire tout à fait.

Charles arriva au moment où l'on exposait Laure
sous la porte ! il était aussi pâle que celle qu'il pleurait ; il déposa sur la bière une couronne et un
bouquet de mariée en disant à voix basse:

— Laure ! vous êtes ma femme ! je mets près

de vous mon cœur et mon nom ! Tenez ! fit-il en
présentant un papier à Mme Benoît ; vous leur direz
où il faut aller.

La bonne femme le regarda quelques secondes
avec tristesse, se jeta dans ses bras et l'embrassa
avec effusion.

Charles venait d'acheter au cimetière Montmartre
une concession à perpétuité ; il y avait fait inscrire
cinq noms : celui de Laure, de Laurence et de
Mme Jean qu'il voulait faire exhumer, le sien et celui
de Mme Benoît.

— Je suis moins triste, dit-il, à l'idée que nous
serons tous réunis un jour !

Le temps était gris et semblait prendre part à la
tristesse de ces deux êtres qui se serraient l'un contre
l'autre pour confondre leur douleur.

En entrant au cimetière, on voulut attacher le
chien à une grille, mais il rompit la corde et arriva
au bord de la fosse au moment où l'on descendait
Laure dans le caveau. Il secoua la tête comme si les
oreilles lui eussent fait mal, sa maîtresse fut obligée
de l'appeler vingt fois pour lui faire quitter la place.

En sortant, Charles entra chez un marbrier et

commanda le monument qu'il voulait mettre sur la
tombe de Laure. Comme il le payait d'avance,
Mme Benoît le regarda et ce regard disait à Charles:
Où as-tu pris tout cet argent?

En sortant du magasin, il lui remit un autre papier.

— Vendu!... cria-t-elle en s'arrêtant; vendu!...
tu t'es vendu, toi!...

— Ne m'avait-elle pas dit de prendre du service?
oh! soyez tranquille! je gagnerai bien mon argent!
je ne ménagerai ni mon sang ni ma peau! si je meurs
loin d'elle, Dieu réunira nos âmes! je vous laisse
le soin de notre chambre nuptiale, ajouta-t-il en
souriant; elle aimait les fleurs, notre pauvre Laure!
sa tombe n'en manquera jamais, n'est-ce pas?

— Je te le promets! répondit Mme Benoît; à
moins...

— Je n'ai plus que vous au monde, interrompit
Charles en serrant la main de la bonne femme; ne
m'affligez pas!

Elle réitéra ses promesses.

CHAPITRE XXVIII

Quelques jours plus tard, le père Martin et Mme Benoît faisaient la conduite à Charles qui partait pour l'Afrique. On n'échangea pas une parole, on se serra les mains, on s'embrassa, pas une larme ne tomba de ces yeux pleins de pleurs parce que la première eût été le signal d'un déluge.

— S'il était fou, dit enfin Martin lorsque Charles fut disparu, sa folie venait du cœur!

Comme dans toutes les peines de la vie on peut

trouver une consolation, Mme Benoît répondit en essuyant ses yeux :

— Mon Dieu ! puisqu'elle devait mourir, peut-être vaut-il mieux qu'il ne l'ait pas épousée ! la perte lui eût paru plus grande !

Martin rentra chez Mme Maubel ; elle était sur la porte et vint au-devant de lui le sourire aux lèvres :

— Mon ami ! mon vieil ami ! mon Roger est en haut ! on vient de l'amener sur un brancard ! il paraissait heureux de rentrer ici ! il m'a demandé à voir Laure ! j'ai dit qu'elle était chez Mme Benoît !... vous comprenez... pas un mot ! la convalescence sera longue, mais que m'importe ! puisqu'il est hors de danger !

Mme Bussy obtint tout naturellement la permission de venir voir son cher malade ; son premier élan avait été pour Roger une vive sympathie, mais cette sympathie ne lui fit pas oublier ses intérêts, et Mme Maubel vit que cette femme aimait l'argent avant tout.

La mère de Roger, du reste, croyait tant lui devoir, qu'elle paya d'abord sans compter.

Ce fut Mme Bussy qui apprit à Roger la mort de Laure, en étudiant avec soin l'effet produit sur lui par cette nouvelle. Il fut terrible. Il pleura comme un enfant, et eut un accès de fièvre qui faillit l'emporter.

Loin d'attendrir Honorine, ces regrets l'irritèrent, elle se plaignit amèrement.

Mme Maubel la consigna et resta seule au chevet de son fils. Elle le sauva pour la seconde fois, mais le corps ne pouvait reprendre ses forces, parce que le moral était gravement malade.

Martin résolut, si ce n'était de le guérir, du moins de distraire la peine par d'autres peines.

— Vous sentez-vous assez bien pour causer un peu avec moi? lui demanda-t-il un jour en s'asseyant près du lit.

Roger lui fit signe que oui.

— Je viens guérir le mal par le mal, reprit Martin en se rapprochant; le souvenir de Laure vous afflige, n'est-ce pas? Vous l'appréciez à présent qu'elle n'est plus! Pauvre fille! elle est heureuse, là-haut, elle en a fini avec les misères et les tour-

ments de cette vie; ne la plaignons pas, car, vivante, elle eût été plus malheureuse encore ! Vous
n'auriez pas voulu en faire une fille perdue, et
l'épouser vous était impossible.

Roger demanda pourquoi.

— Parce que vous ignorez ce qui se passe ici !
Vous aviez fait des dettes ; on est venu demander
beaucoup d'argent à votre mère pendant la durée de
votre maladie ; la pauvre femme a tout payé sans
compter, elle était si heureuse que le bon Dieu vous
eût conservé la vie ! Depuis que nous sommes en république, le commerce est mort, les faillites, les
banqueroutes se succèdent, les rentrées ne se font
pas, tout est en souffrance, je crains une cata-
strophe. Mme Maubel doit payer sept mille francs à
la fin du mois, et il n'y a pas un sou en caisse. Ce
que je n'ai pas osé offrir à votre mère, je vous
l'offre. Depuis trente ans, je travaille sans relâche ;
j'ai amassé quinze mille francs, je les mets à votre
disposition ; seulement, mon ami, j'exige une promesse de vous, non pas dans mon intérêt, mais dans
le vôtre, dans celui de votre mère ; elle s'est ruinée
par amour pour vous. Rompez tout rapport avec un

monde dont le genre de vie est un ridicule perpé-
tuel. Les amis qui s'achètent avec un cigare n'en
sont pas. Cette femme n'en voulait qu'à votre argent ; qu'elle se fasse entretenir par d'autres, elle
et son mari ; pour vous, un bon mariage réparera
tout.

Roger fit un mouvement, Martin reprit :

— Le temps modifie tout ! Vous n'avez pas le
choix des moyens, songez à votre mère ; si vous la
perdiez ! La mort nous frappe quelquefois si vite !
On n'a pas toujours le temps de se repentir, de bien
faire.

— J'accepte les conseils et l'argent, répondit Roger en serrant la main de son vieil ami. Je vous ré-
ponds de l'avenir ; je n'aurai pas grand'peine à
renoncer à mes habitudes de luxe et de sport, je
n'ai puisé que du dégoût dans ce genre de vie. Tout
est factice, artificiel. Je ne garderai qu'un souvenir
du passé, celui de Laure !...

Mme Maubel était entrée ; elle attendait que son
fils lui adressât la parole.

— Je ne vous quitterai plus, ma mère ! murmu-

ra-t-il en lui tendant la main ; je partagerai vos fa-
tigues, vos peines! j'ai été un fils ingrat!

— L'avenir est à nous, mon enfant! répondit
Mme Maubel en embrassant Roger au front; pauvre
Laure!... nous parlerons souvent d'elle, ce doit être
notre bon ange!

En effet, on en parla pendant. quinze jours au
moins!

Roger avait été mis à l'ordre du jour, il reçut la
croix.

Six mois plus tard, il épousait la fille d'un riche
négociant, et le lendemain même de son mariage,
il faisait à sa femme un cours d'économie très-dé-
taillé.

Selon lui, les cachemires étaient de mauvais
goût; une honnête femme ne pouvait briller que
par sa simplicité. Cent mille francs dépensés avec
Mme Bussy devaient se rattraper sur l'avenir. Quand
le mari a acheté l'expérience, la femme doit la
payer.

Cinq années s'étaient écoulées comme un jour
depuis la mort de Laure.

Roger avait déjà trois enfants qu'il se promettait d'élever sévèrement, en leur disant :

— Faites ce que je vous dis et non pas ce que j'ai fait.

Du reste, il s'était si bien identifié avec son nouveau personnage qu'il se prenait au sérieux. Il allait dans le monde et passait pour un vrai sage.

A une soirée dansante donnée chez un négociant avec lequel il faisait beaucoup d'affaires, il rencontra Mme Bussy et Mme R... Il recula d'étonnement tant il les trouva changées. Mme R... avait eu une maladie de peau qui lui avait laissé des rougeurs sur le visage : elle avait perdu un peu d'argent et beaucoup d'amoureux ; elle était parvenue à marier sa fille à un homme d'assez bonne famille ; seulement, il avait mis pour condition au mariage qu'il emmènerait sa femme en province et qu'elle ne verrait pas sa mère. Mme R... se trouvait seule, presque isolée au milieu d'un monde où elle avait régné. Elle regrettait amèrement ce qu'elle avait perdu : l'amour de son mari, l'estime du monde et la tendresse de ses enfants.

Mme Bussy était horriblement engraissée et, pour comble de malheur, il avait fallu avoir de nouveau recours aux marchandes à la toilette.

Honorine n'avait pas su s'arrêter sur la pente comme Roger l'avait fait.

Il faut plus que des bras amis pour vous retenir en pareil cas, il faut des cœurs.

Mme Bussy avait contre elle des habitudes de prodigalité qu'elle n'avait pu abandonner ; elle se trouvait endettée, harcelée par des créanciers qui deviennent généralement impertinents lorsqu'ils sentent n'avoir plus rien à gagner.

Elle voulut faire le récit de ses malheurs à Roger, l'intéresser en sa faveur, afin de lui soutirer quelque argent, mais elle ne parvint qu'à lui inspirer un profond dégoût. Il l'écouta avec l'impassibilité d'une pierre, puis après l'avoir saluée, il dit à sa femme en lui prenant le bras pour l'emmener :

— Nous ne reviendrons jamais dans cette maison, on y reçoit des femmes déclassées.

Peu de jours après cette rencontre, Charles entrait dans la cuisine de Sophie. Il portait l'uniforme des spahis. Son teint était bruni, sa moustache épaissie ; la vieille cuisinière eut peine à le reconnaître.

— Vous ne m'attendiez pas, dit-il en embrassant Martin ; oh ! les heureux oublient si vite !... je voulais revoir cette maison !...

Martin embrassa Charles avec effusion.

— Vous resterez bien quelques jours avec nous, dit en entrant M. Maubel ; nous sommes de vieilles connaissances, de vieux amis, car si vous ne m'aviez pas ramassé de là-bas, je ne me serais pas relevé seul et l'on m'aurait achevé. Ma mère sera contente de vous voir.

— Ah ! répondit Charles, je vous remercie, monsieur Roger, mais j'ai promis à madame Benoît de lui donner tout le temps que je passerais à Paris. Merci pour votre invitation, vous avez du cœur et pas de rancune, mais je sens là que je ne vous aimerai jamais. Il ne faut pas m'en vouloir de ma franchise, voyez-vous, c'est la seule chose que j'aie gardée de mon indépendance. Et puis, vous savez, on me disait un peu fou !

Charles repartit au bout de quelque temps après avoir promis à Mme Benoît de lui écrire régulièrement.

Ce fut en Crimée seulement qu'il put se distinguer; il monta vite en grade et comprit alors qu'il n'y avait de gloire possible en se battant que lorsque l'on combattait les ennemis de son pays.

F I N

Paris — Imp. de la Librairie Nouvelle, A. Bourdilliat, 15, rue Breda.

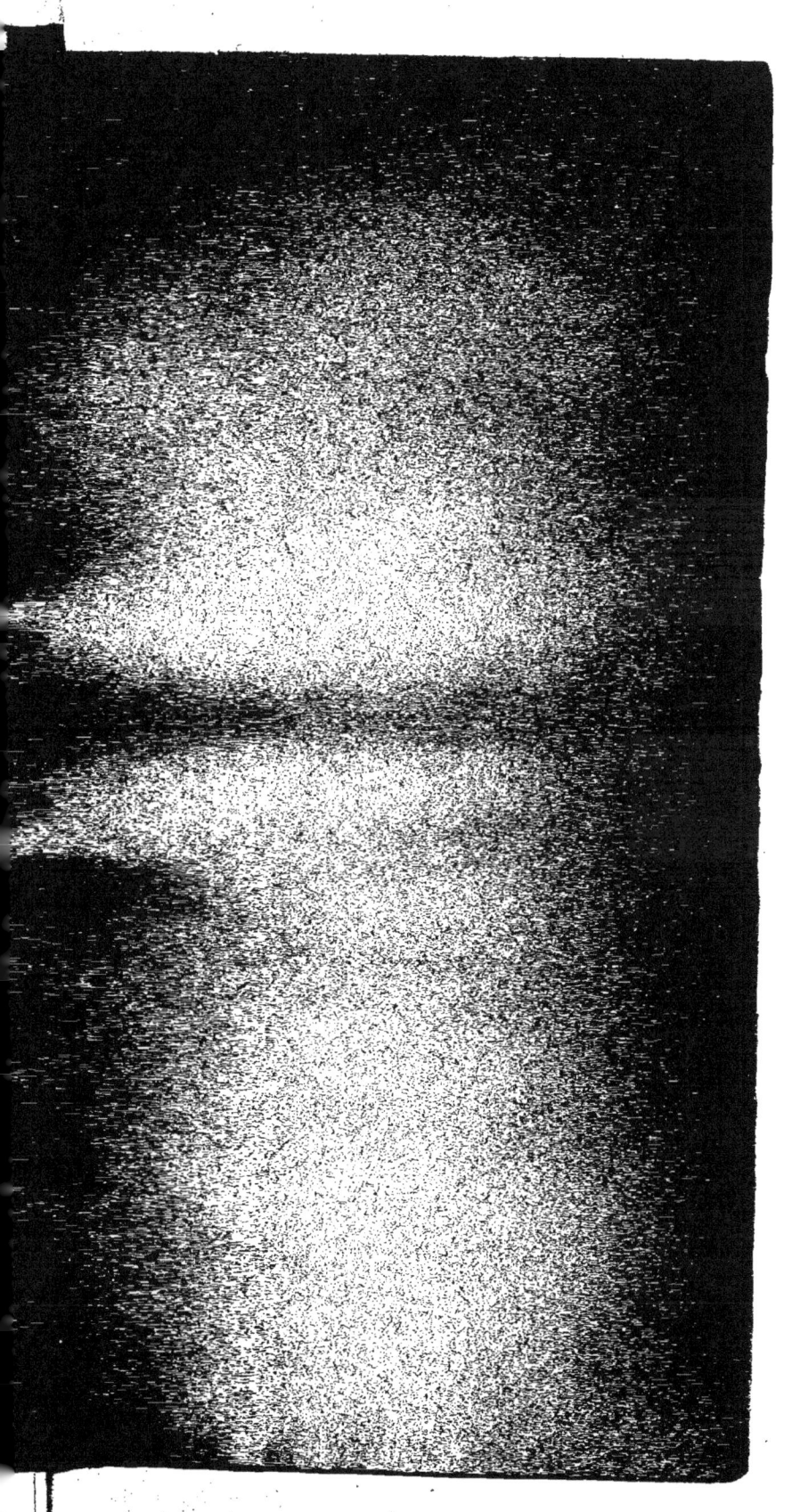

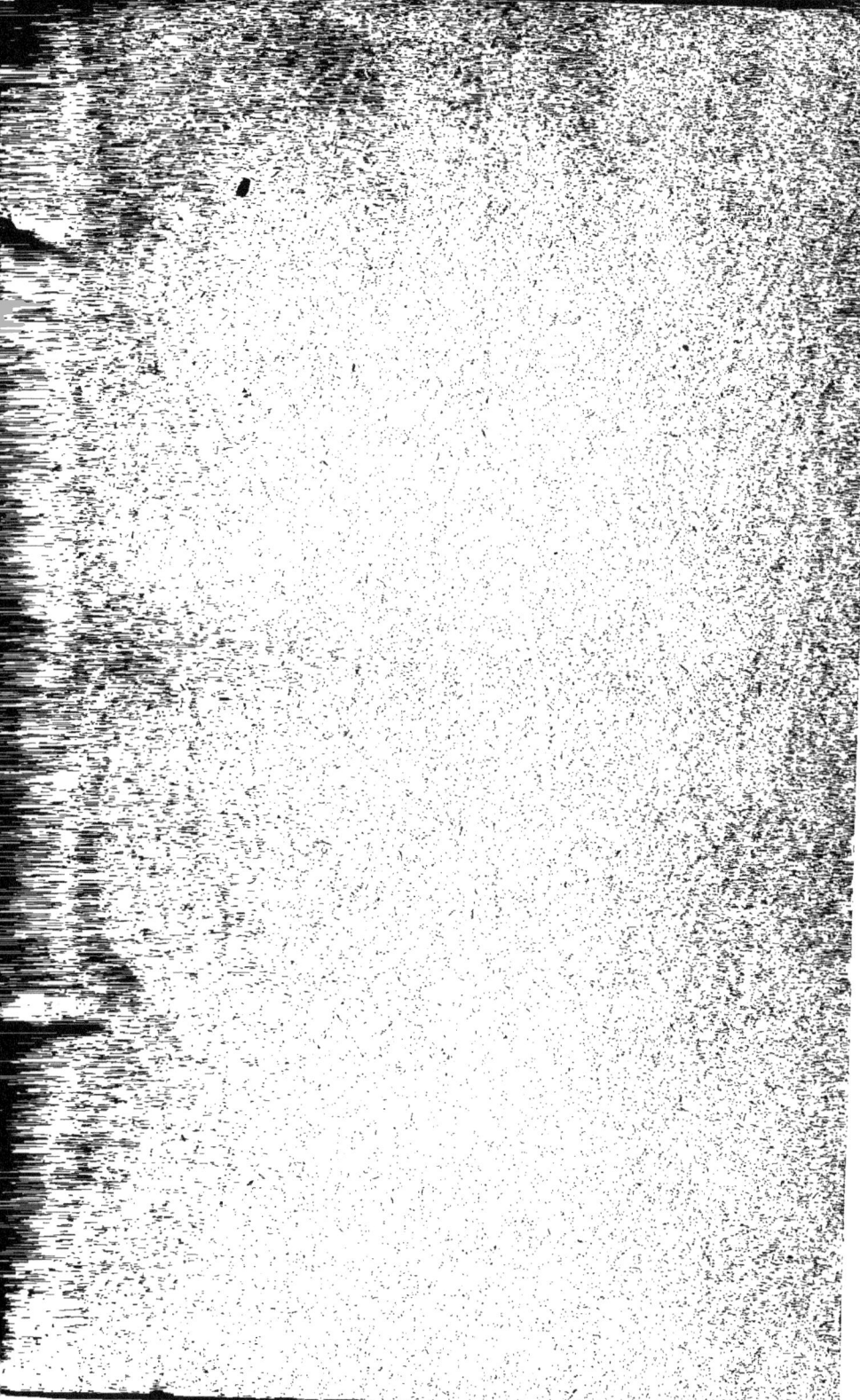